KB119037

차례

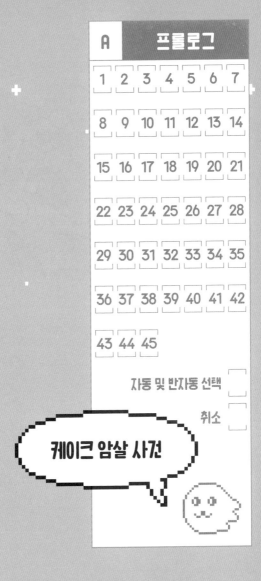

"뇌물을 받으려면 15억 이상 받아라."

　때는 2014년. 경찰공무원 학원에서 잠과의 싸움에 백전백패하며 록페스티벌에 참여한 관객보다 심각하게 고개를 흔들던 나른한 오후. 공무원의 부정부패에 대한 징계 절차를 가르치던 교수님이 여전히 사막여우처럼 알 수 없는 표정으로 선언했다.

　이왕 뇌물 받을 거, 한 번 받을 때 15억 이상 받으라는 그의 논리는 의외로 탄탄했다. 지금 이 학원의 수강생 나이는 평균 30살이니 전국으로 모집단을 넓혀보아도 비슷한 값이 도출될 거라는 가정.

그리하여 30살에 순경으로 입직한 뒤 별다른 구설수에 휘말리지 않는 이상 30년간 근무 후 경감 계급으로 정년퇴직한다는 게 교수님의 전제였다. 전제를 토대로 평균에 평균을 거듭하여 계산했을 때, 퇴직 때까지 받을 수 있는 월급과 수당이 대략 15억 정도라는 매끄러운 결론까지.

하지만 뇌물을 받다 적발되어 파면에 이를 경우 모든 기대 수익이 사라지니까, 이왕 파면될 거면 평생에 걸쳐 받을 노동 수익인 15억을 상회할 수 있는 정도의 금액을 받고 파면되라는 교수님의 농담이었다. 수험생의 잠을 깨우기 위해 던진 농담이었겠지만, 이 멘트가 나에게 주는 메시지는 실로 강렬했다. 어찌나 강렬했는지 지금도 눈을 감고 그때의 장면을 떠올려보면 교수님의 대사를 토씨 하나 틀리지 않고 되새김할 수 있을 정도다. 뇌물을 받으면 안 된다는 결론이 아니라(이건 당연한 거니까), 대한민국에서 태어나 성실하고 치열하게 산 결괏값으로 쟁취할 수 있는 게 15억이라는 전제가 충격이었다.

"하지만 요즘 같은 시대에 고작 순경한테 15억이나 주는 이상한 사람은 없죠? 순경이 뭘 할 수 있다고? 범죄자도 힘껏 제압 못 하는데. 독직폭행으로 고소당하니까. 그죠? 뇌물수수로 파면되면 받았던 뇌물도 온전히 못 가져가는 거 알죠? 그러니까 성실히 근무하세요. 물론 합격부터 해야 되지만. 지금 들어가는 파트는 시험에 무조건 출제됩니다. 또 나와? 싶을 만큼 나왔지만 또 나와. 무조건 나와. 무조건 나오는 파트를 틀리면 면접에서 괘씸죄로 떨어집니다."

시험에 무조건 출제된다며 노란색 분필로 칠판 가득 별을 수놓았던 그때의 강의는 지금 단 하나도 기억나지 않는다. 합격을 위해 부득부득 머리에 구겨 넣은 일회용 지식은 물로 씻은 솜사탕처럼 흔적도 없이 사라진 지 오래. 하지만 교수님의 농담 섞인 메시지는 어떤가? 뇌물을 받으려면 15억 이상은 받아야 본전이라는 교수님의 말은 잊히지 않는 수준을 넘어, 아직 당도하지도 않은 내 삶의 끝을 보게 해주었다.

30년간 한 번의 휴직도 없이 성실히 출근하고 근무하여 버는 돈이 15억밖에 되지 않는다는 인생 스포일러. 15억이 결코 적은 돈은 아니다. 정말 큰 돈이다! 하지만. 그렇지만. 집은 어떻게 구하지? 15억은 말 그대로 단 한 푼도 쓰지 않고 모았을 때의 총합일 뿐. 사는 내내 소비를 하게 될 텐데 실제로 손에 쥘 수 있는 돈은 얼마일까? 집이라도, 아니, 편히 누울 수 있는 방 한 칸이라도 자력으로 구할 수 있을까? 나만의 공간을 구하게 될 때까지 집값은 얌전히 날 기다려줄까? 1억 모으기도 힘든데 미디어에서는 억 소리를 참 쉽게 한다. 나만 쏙 빼놓고 우리나라 화폐 단위가 바뀌기라도 한 모양인지. 난 그저 통장을 붙잡고 억, 하는 신음 소리만 낼 뿐인데.

이뿐만이 아니다. 돌연 무슨 일이 일어날 줄 알고? 갑자기 병원비가 들 일이 생길 수 있고, 학위에 욕심이 생길 수도, 나의 의지와 상관없이 사건 사고에 휘말려 큰돈이 나갈 수도 있고… 어떤 그림을 그려보아도 15억으론 무사히 생을 마치기에 턱없이 부족해보였다. 15억을 뚝배기 불고기에 들어가는 파채처럼 잘게 썰어서 30년에 걸쳐 받으며 그 세월을 버텨야 하고, 은퇴 이후엔 어떻게 생계를 이어 나갈 수 있을지 깜깜한 노년을 위해 지금 이 공부를 하고 있나? 시험이 끝난 이후엔 어디에도 쓸 수 없는 일회성 답안을 꾸역꾸역 머리에 넣어가면서? 귀신이 튀어나오거나 무선 이어폰 케이스를 열었을 때 한쪽이 보이지 않는다거나, 이런 것만이 공포가 아니다. 진짜 공포는, 내 인생이 가늘고 긴 고통 속에 놓일 수도 있다는 다소 현실적인 전망이었다. 살이 떨렸다.

그래도 설마. 겁주는 거겠지. 왜, 있잖아. 철부지 어린애들한테 별것 아닌 일로 겁만 잔뜩 주는 어른들. 대한민국에서 공무원에 대한 처우가 그렇게까지 별로겠어? 발목까지 일렁이는 공포를 애써 외면하고 당당히 합격을 거머쥔 나는 환희에 찬 함성을 질렀다. 이제 인생이 180도 달라질 거야! 본

도시락을 먹고 싶은 마음을 도시락 통에 밥을 담듯 꾹꾹 누르고 보다 저렴한 한솥도시락으로 목적지를 옮기던 과거의 나, 안녕! 조선시대 과거 시험을 보러 가던 선비라도 된 듯 어지간한 거리는 걸어 다녔던 뚜벅이 시절, 안녕! 하하하!

그러나 중앙경찰학교에 입교 후 처음으로 받은 교육비는 100만 원이 되지 않았다. 교육비 명목이기는 하나 사실상 월급인데. 교육 기간이어서 100퍼센트의 월급은 아니지만, 여기서 얼마간 증액된다 한들 비약적인 상향은 기대하기 어려운 금액이었다. 하하하 웃음소리는 하, 하, 하… 깊은 탄식으로 바뀌었다. 취직으로 180도 달라질 줄 알았던 인생은 360도 달라져 있었다. 다시 원점이야! 본도시락은 여전히 자주 못 가! 한번 뚜벅이는 영원한 뚜벅이었나? 안녕은 헤어질 때 건네는 인사인 줄로만 알았는데, 다시 만났을 때도 하는 말이었어.

이후 돈을 쓸 때마다 15억만큼의 부피를 가진

케이크를 포크로 야금야금 퍼먹는 기분에 병적으로 시달리게 되었다. 옷 한 벌에 포크 한 입, 덜덜 떨며 경조사용 명품 가방을 결제했을 땐 숟가락으로 크게 한 입. 해외여행 경비를 준비할 때는 아예 칼로 케이크 조각 하나를 뚝 떼서 입에 털어 넣는 기분이 들었고, 이는 고스란히 악몽으로 이어졌다. 꿈의 내용은 언제나 같다. 예기치 못한 사건으로 테이블이 쓰러지면서 평생에 걸쳐 구워낸 15억짜리 케이크가 모조리 쏟아지는 상황. 부서진 케이크를 손바닥으로 미친 듯이 쓸어 담으며 목이 쉬도록 절규하지만 어쩐지 소리는 나오지 않는다. 기포만 뽀글뽀글 올라올 뿐. 장면은 비현실적이지만 절망적인 기분은 초현실적이던 악몽. 땅으로 사라지는 케이크를 보며 기절해버리고, 꿈에서의 기절로 현실에서의 내가 일어나는 일이 반복되면서 심신이 피폐해졌다.

아, 교수님! 어찌 저에게 이런 공포를 주신 건가요! 교수님은 전직 경찰관이어서 수업 시간에 종종 현직 시절 이야기를 해주었다. 수산물을 가득 싣고 가던 트럭이 전복되었다는 신고를 받고 출동해서, 팔을 걷어붙이고 도로 위에서 파닥거리는 물고기와 각종 해산물을 주워줬던 에피소드 같은 거. 교수님은 트럭 주인에게 감사의 의미로 도다리 한 마리를 받았다고 했다. 도다리는 아무렴 봄 도다리가 맛있는데. 교수님은 왜 경찰을 그만두셨을까?

맥주병을 싣고 달리던 트럭에서 병이 쏟아져 도로 위가 난장판이라는 신고를 받고 출동했을 때, 교수님 생각이 났다. 도로 위에 적재물이 떨어지면 다른 운전자에게 위험하기 때문에 경찰이 출동하는 경우가 있다. 현장에서 운전자가 짐을 제대로 실었는지, 단단히 묶었는지 등을 판단하고 적재물 추락 방지 조치 위반 명목으로 단속을 실시하기도 한다. 장비가 없어 파출소에 있던 쓰레받기 하나 챙겨 현장에 투입돼 쌩쌩 달리는 자동차 사이에서 아스팔트 도로를 박박 긁어가며 유리 조각을 모으고 있자니, 교수님의 심정을 덜컥 이해한 것 같기도 했다. 흩어진 유리 조각만큼 셀 수 없는 세월을 건너뛴 동지애랄까. 돌고 돌아 동료였구나, 우리 모두 해적 왕이 되진 못했지만, 뭐 그런 감상.

　정식 공무원 신분으로 2017년 7월에 받은 월급의 실수령액은 1,581,130원이었다. 심지어 정근 수당(공무원의 근무 연수에 따라 지급하는 수당으로, 1년에 두 번 지급됨) 77,870원이 추가로 나온 달이었는데도 그랬다. 정근 수당도 뭣도 없는 2017년 10월엔 실수령 1,221,940원이 찍히는 기염을 토했다. 시간 외 근무를 24시간이나 했는데도 그랬다. 1호봉도 아니고 2호봉이었는데도 그랬다. 아무리 공제회에 넣은 금액이 차감되었어도 그거 얼마나 된다고… 현실이 그랬다.

　본가에 거주하고 있어 주거와 관련된 고정비가 들지 않았음에도 쓸 돈이 없었다. 하루가 멀다 하고 날아드는 청첩장과 부고가 성과 평과 C등급보다 두려웠다. 사는 일이, 무엇보다 돈 없이 사는 일이 가장 무서웠다. 적어도 나에게는 그랬다. 일평생 중장기 재정 계획이나 확보된 여유 자금 없이 턱걸이 사업으로 생계를 책임진 아빠 밑에서 자란 나는, 수중에 당장 융통할 수 있는 현금이 없으면 얼마나 빠른 속도로 삶이 무너지는지를 한글보다 먼저 깨우쳤다.

사채업자가 구둣발로 우리집 현관에 들어와 언니의 유년기 평생소원으로 갖게 된 피아노를 무참히 짓밟을 때, 엄마가 입김을 호호 불어가며 광이 나도록 닦던 집안 살림들에 빨간딱지가 우수수 붙을 때, 그런 상황에 놓이게 되면 미취학 아동이라도 위기감을 느낀다. 목숨의 위협을 느낀다. 너무 일찍이 경제적 어려움이 가져다준 술잔을 마신 통에 숙취에서 도통 헤어 나오질 못했다. 위기감에 취해, 목숨의 위협에 취해 유년 시절부터 현금이나 비상금에 집착하던 습성이 30년 만기 15억 케이크와 결합하게 된 이후 삶은 불안 그 자체가 되었다.

연차가 쌓일수록 이놈의 15억짜리 케이크는 나의 숨통을 더욱 조여왔다. 1,581,130원이든 1,221,940원이든 어쨌든 매달 월급을 받고 있었으니 케이크의 크기도 연차가 쌓일수록 줄어드는 셈이었으니까. 음미하기도 전에 케이크가 알아서 증발하니까. 한 사람이 사람답게 살기 위해 지불해야만 하는 값이 이렇게도 컸다니. 본가를 벗어나 독립이라도 하게 되면 말 그대로 밥이라도 먹고 살 수 있는 걸까? 공무원이 잘리지 않는 철밥통이라고들 하지만 정작 밥통 안에 쌀이 없는데 뭘 먹고 사나? 우리 때는 연금이 고갈돼서 지금 퇴직하는 세대처럼 유의미한 수준의 연금 수령도 사실상 불가능할 텐데 진지하게 이직을 고려해야 할까?

물가는 과거를 잊은 듯 천정부지로 치솟지만, 말단 공무원의 월급과 수당은 10원 단위로 오른다. 2017년 8,559원이었던 시간 외 수당은 2021년 10,083원으로 4년간 1,524원 올랐다. 10원짜리를 모아 내 집을 살 수 있을까? 매매는커녕 전세는? 월세 보증금은? 수학계의 노벨상이라 불리는 필즈상 수상자가 와서 계산기를 두드려도 답이 나오지 않을 것 같았다. 대기업이 아닌 일반 사기업이라고 다를까? 우리 진짜 지금, 어디로 가고 있는 걸까? 알고 보니 도다리 한 마리 얻어가는 게 야간 수당보다 남는 장사였나?

한번 펼쳐지기 시작한 비극의 시나리오는 동해안 파도가 일렁이듯 끝이지 않고 밀물과 썰물을 반복하며 나의 정신을 잠식했다. 월급명세서를 확인한 날이면 주기적으로 꾸던 케이크 악몽은 점점 크기가 작아지는 케이크가 나의 얼굴을 짓누르는 형태로 바뀌며 정말 지겹도록 등장했다. 악몽 속에서도, 악몽에서 깨어난 뒤에도 줄곧 생각한 소원 하나. 이 케이크가, 15억짜리 케이크가 딱 하나만 더 있으면 얼마나 좋을까. 하나가 30년간 분할 지급되는 상품이니까 다른 하나는 되도록이면 일시금으로. 그렇다면 얼마나 좋을까. 정신과 치료보다 더 확실한 금융 치료로 나의 모든 불안과 공황, 위장 관계 질환을 잠재울 만병통치약임이 틀림없는데. 제발. 딱 하나만. 이 케이크가 딱 하나만 더 있었더라면.

그때부터 로또를 사기 시작했다. 1등 당첨이 비

현실적인 열망이라는 건 충분히 알고 있지만, 아이러니하게도 로또 당첨만이 가장 현실적인 케이크 확보 방안으로 보였기 때문이다. 그리고 매주 누군가는 당첨되잖아! 그게 나일 수도 있잖아! 사보지 않고는 모르는 일이지! 아무렴! 하하하! 하, 하, 하….

처음 로또를 샀던 날, 마치 처음 서울 땅을 밟은 시골뜨기처럼 긴장했던 기억이 난다. 여태껏 간판만 봤지 정작 단 한 번도 들어가 보지 않은 종류의 상가가 여럿 있는데, 복권판매점이 그중 하나였다(이외에 마사지 숍, 한복 가게, 만화 카페, 약재상 등이 있다). 동네에서 명당이라 소문난 판매점의 문을 열고 들어가자마자 도로 나왔다. 바 형태의 테이블이 가게를 빙 둘러 설치되어 있었고, 다양한 연령층의 사람들이 그 위에 종이를 한가득 쌓은 채 골똘히 적어 내려가는 모습에 독서실로 착각한 탓이다. 판매점 내부에선 컴퓨터용 사인펜으로 로또 종이를 채우는 소리와 틱, 틱, 티딕, 일정한 기계음을 내며 종이를 출력하는 복권 기계 소리밖에 들리지 않았다.

내부 벽면엔 복을 바라는 글이 인쇄된 종이가 빼곡히 붙어 하나의 벽지처럼 느껴졌다. '그럼에도 불구하고', '되고 법칙', '진심을 다하면 복이 먼저 찾아온다!'. '로또 번호 선택 고려 사항'은 수십 문항에 걸쳐 여러 장으로 인쇄되어 있었는데, 어찌나 고려할 사항이 많은지. 화려한 색상으로 박힌 금주의 행운 숫자와 로또 종이를 번갈아 보며 바쁘게 손을 놀리는 손님이 있는가 하면, 무언가 깊이 연구한 흔적이 보이는 낡은 공책을 들고 장인이 붓으로 그림을 그리듯 신중히 번호를 매기는 손님도 있었다. 숭고함까지 느껴지는 손놀림을 보자니, 별생각 없이 자동으로 5천 원어치를 산 나는 이미 정성에서부터 그분들과 상대가 되지 않았다. 로또의 신이 이 광경을 보았다면 아무렴 저분들의 손을 먼저 들어주지 않을까? 나는 '천기누설 예상 번호'를 뒤로 하고 가게를 빠져나왔고, 샀던 로또는 5천 원어치 모두 낙첨이었으며, 그 주에 내가 산 복권판매점에서 1등 당첨자가 배출되지 않았으니 로또의 신은 우리 모두를 외면했다고 하겠다.

한번 사기 시작하니 매주 로또 사는 걸 그만둘 수 없게 되었다. 로또 판매점만 보면 마이클 잭슨의 문워크처럼 자꾸만 되돌아가게 되는 스스로를 제어할 수 없었다. 1등 당첨 이력을 늘어놓으며 명당이라 홍보하는 판매점 앞을 지나오면, 이미 내 손에 5천 원어치의 로또 종이가 들려 있었다. 금요일은 불금이 아니라 로또 명당 앞에서 불 웨이팅을 감내해야만 하는 요일이고 토요일은 운명이 바뀌는 날이다. 그렇고 말고! 물론 아직까지는 낙첨된 종이를 좍좍 찢으며 심통한 마음으로 일요일을 보낼 뿐이지만, 이 루틴은 언젠가 끊어낼 수 있으리라. 반드시.

자, 그래서 이 책은 도대체 무슨 책이냐? 봄 도다리를 홍보하는 책이냐, 공무원 월급이 이렇게 박봉이오 하소연하는 책이냐, 로또 광고 책이냐. 너의 정체가 무엇이냐고 물으신다면 대답해드리는 게 인지상정. 이 책은 그저, 5천 원짜리 꿈에 대한 글이다. 모두의 케이크에 대한 글이자, 여분의 케이크에 대한 노골적인 욕망이 담긴 이야기. 덧붙여, 부디 이 책이 잘 팔려 여분의 케이크까진 아니라도 반죽 한 덩어리쯤은 빚을 수 있길 바라는 작가로서의 욕망이 베이킹소다만큼 첨가된 자극적인 제빵소.

돈이 생긴다고 눈앞에 산적한 모든 문제가 해결되진 않겠지만, 일시금 15억으로 상당히 많은 문제를 해결할 수 있는 것도 슬픈 사실이다. 나는 일확천금을 노리는 게 아니라, 그저 삶에 조금 더 많은 여유를 원할 뿐인데. 이런 소망은 누구나 하지 않나? 모두들 그런 마음으로 지독한 하루를 버텨내는 거 아니었어? 각자의 소망이 소망으로 불리지 않고 사치로 명명될 만큼 각박한 세상은 아니길 바란다. 일상을 건전하게 살아내는 사람은 꿈을 꿀 자격이 있다. 하루의 마무리는 아무쪼록 내일에 대한 희망으로 귀결되어야만 한다.

로또라는 물성을 띠었을 뿐, 내가 매주 구입했던 건 희망이었다. 유통기한은 단 일주일. 명확한 일정도 목적지도 없지만 언젠가는 현실이 개선될 거라는 희망을 보증하는 서류. 이번 주도 당첨이 아니면 어떠리. 나의, 우리 모두의 5천 원짜리 애닳는 꿈인 것을.

한 가지 확실한 건, 30년 만기 15억짜리 케이크는 지금 이 순간에도 형편없이 쪼그라들고 있다는 사실이다. 2021년 4월 나의 실수령액은 1,684,000원이었다. 부처나 부서에 따라 얼마든지 차등이 있겠지만, 어쨌든 내 월급은 이랬다.

우리에겐 지금 당장 새로운 케이크가 필요하다.

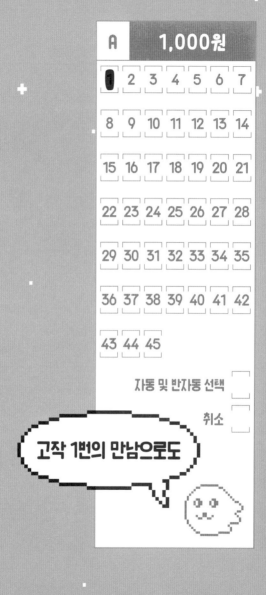

처음 본 사람과 사랑에 빠질 수 있다면, 처음 가
본 도시라고 해서 사랑에 빠지지 못할 이유는 없
다. 단 한 번, 고작 7박 9일간 머물렀던 뉴욕을 지
금까지 흠모하는 나는 짝사랑을 앓는 청춘의 마음
으로, 나에게 케이크 반죽 하나쯤은 만들어주리라
믿어 의심치 않는 이 책의 포문을 연다.

　생애 첫 비행기는 스물네 살 때의 일본행이었다.
해외여행 초보자에게 일본만큼 만만한 나라가 없
다지만, 부족한 주머니 형편 탓에 그마저도 가장
저렴한 저가 항공사를 이용해야만 했다. 저가 항공
은 단지 일반 국내 항공보다 승객 밀도만 높은 줄

알았는데 웬걸, 착석하고 보니 의자 각도가 예각이었다. 직각인 90도가 채 되지 않는 잔인한 기울기. 척추가 지르는 비명으로 짐작해보건대 대충 75도쯤인 것 같던, 피치 못한 경우에도 타면 안 된다는 명성이 자자한 항공사의 의자 각도야말로 자본주의의 상징이자 하나의 현대 예술처럼 느껴졌다. 부족한 경비가 주는 쓸쓸함과 상대적 박탈감을 온 척추 신경으로 느껴야만 했던 눈물의 비행. 언젠가 하나의 묘비명을 남겨야 한다면 이날의 고통을 돌에 새기리라. 성공해야 허리 펴고 살 수도, 탈 수도 있다. 알뜰살뜰히 모으자. 쓰레받기로 아스팔트 도로를 박박 긁는 한이 있어도 지치지 말자.

얼마만큼의 값을 지불하느냐에 따라 의자 각도가 달라지는 건 비행기에 국한된 조건이 아니다. 고속버스도 프리미엄, 우등, 일반으로 나뉘고 다리에 쥐가 날 것 같은 일반 KTX와 다리라도 꼴 수 있는 특실 KTX가 존재한다. 자동차도 높은 등급의 차량을 구매할수록 2열 시트 각도가 넓어진다. 낮은 등급의 차량은 2열 시트 각도를 젖히는 기능조차 없는 경우도 있다. 고로, 척추 건강을 지키기 위해서는 돈만큼 효율적인 수단이 없는 셈이다.

초등, 중등, 고등까지의 12년을 모두 개근으로 마감한 성실성을 한껏 발휘하여 착실히 출근한 끝에, 일본 다음으로 떠났던 체코에 갈 때는 일반 항공 직행 티켓을 구입할 수 있었다. 여행이란 참 얄궂은 행위여서 가기 전엔 내가 지금 타국에 가려는 건지 그저 여행이라는 명목하에 합법적으로 많은 돈을 쓰고 싶은 건지 헷갈리고, 일정을 짜면서 각종 시설을 예약할 때는 왜 비서라는 직종이 있는지 너무나도 잘 알겠고, 만사 다 귀찮고, 비행기 티켓 결제할 때가 제일 즐거웠음을 깨닫는다. 하지만 막상 끝날 무렵이 되면 귀국하기도 전에 다음 여행지를 고르고 있는 자신을 발견한다. 두근거림과 괴로움, 귀찮음, 피곤함, 많은 돈을 쓰면서 희열을 얻음과 동시에 단위가 달라져 버린 통장 잔고를 붙잡고 회한의 시간을 갖는 일련의 일정이랄까.

나 또한 그런 굴레에 빠져, 체코에 다녀온 지 얼

마 지나지 않았음에도 엉덩이가 들썩거렸다. 8비트 박자에 맞춰 쉴 틈 없이 들썩이는 엉덩이를 달랠 방법은 단 하나. 어디든 떠나는 것. 빠른 시일 내에.

　여기서 짚고 넘어가야 할 점! '어디든' 떠나고 싶다는 문장에서 '어디든'은 과연 어디라도 좋다는 뜻일까? 그렇다면 우리집에서 10분만 가면 나오는 바다를 두고 굳이 제주도의 바다까지 찾아가 상념에 젖는 이유는 뭔가? 돌고 돌아 지구촌이듯, 돌고 돌아 같은 바닷물인데. 여행을 즐기는 게 아니라 현실을 도피하고 싶은 걸까? 주위를 둘러보았다. 자신의 말에 순순히 복종하지 않았다는 이유로 소리치는 상사, 뒤에서 험담만 늘어놓는 옆자리 직원, 밀려버린 승진 순위… 오케이. 떠나자. '어디든'이 아니라, 여기서 최대한 먼 곳으로!
　그리하여 스물여섯 살의 11월, 7박 9일간의 뉴욕행을 졸속으로 결정해버린 것이다. 당시 주위 지인들은 직장에서 신입이라 길게 휴가를 내기에 눈치가 보이거나, 충분한 여행 경비가 없거나(적어도 뉴욕에서 일주일간 먹고살 만큼의), 취직을 하지 못해 상황이 여의찮거나, 돈은 있어도 시간은 전혀 없는 청년들뿐이어서 본의 아니게 혼자 떠나게 되었다.

여기서 두 번째로 짚고 넘어가야 할 점. 왜 하필 뉴욕인가? 이 질문을 되물어보자. 과연 뉴욕이란 어떤 곳인가?

뉴욕이란 도시를 가장 많이 접하는 통로는 단연 영화다. 주인공이 영어를 쓰는 이상 배경은 뉴욕시(맨해튼, 브루클린, 퀸스, 브롱크스, 스태튼 아일랜드로 이루어짐)일 거라는 가정부터 내리고 시작한다. 뉴욕은 기상천외한 이유로 영웅이라 자처하는 이들이 합당한 목적으로 때려 부수기를 반복하는 도시이자, 총기로 무장한 테러 집단의 난입으로 평생 피땀 흘려 모은 부동산과 동산이 먼지처럼 흩어질 수도 있는 도시이며, 유례없는 기후 재난이 발생해 대통령이 영토의 절반을 포기하는 결정을 내려버리거나 박물관 유물들이 살아 움직이는 도시이기도 하다. 이러나저러나, 평범한 모습으로 생활하는 사람들에겐 가혹한 생태계가 아닐 수 없다.

동시에, 사랑이 넘치는 곳이다. 사랑, 사랑 누가 말했나 하면 뉴욕 시민이 말했을 것이다. 통기타 하나 들고 와, 도시 소음을 배경 삼아 노래를 부르며 앨범을 만드는 음악에 대한 사랑(그 과정에서 통기타 주인과 앨범 제작자 사이에서 피어오르는 사랑 포함). 색 배열이 참으로 일차원적인 쫄쫄이를 입고 거미줄을 쏘며 날아다니는, 심지어 가난하기까지 한 남자를 향한 사랑. 비행기 잘못 탄 아들을 찾기 위해 하늘길을 거슬러 달려온 엄마의 사랑(아들도 장난감 가게 지키느라 나름대로 고군분투하긴 했지만).

센트럴파크를 걷기만 해도 벼락같은 사랑에 빠질 거라는 기대를 품고 뉴욕행을 결정한 건 아니다. 아예 기대하지 않은 건 아니지만, 기대를 한 것 치고 나의 옷차림은 영화 <나 홀로 집에> 속 비니 쓴 도둑이었으니 난 사랑보다 실용성이 더 중요한 여자일지도. 그런 여자인 내가 살면서 가장 많이 느낀 감정은 억울함이었다. 억울하지 않은 것이 없다. 아시아에서 작게 자리잡은 대한민국, 그 속에서도 서울에서조차 태어나지 못한 게 억울하고, 손, 발, 키가 모두 작은 여자로 태어난 것이 억울하고, 무슨 분야든 먹고살 만큼의 특출난 재능을 타고나지 못한 것이 억울하고, 종부세와 상속세를 걱정할 필요 없는 배경이 억울하고, 이런 걸 억울해할 만큼 심성마저 고약한 것이 억울했다. 노력하지 않고는 얻을 수 없는 것과, 노력해도 얻기 힘든 불가능의 영역 모두를 억울해하는 고약한 심보. 그 심보가 나를 뉴욕으로 향하게 했다.

궁금했거든! 도대체 어떤 도시길래 하나의 심벌로 거듭났는지. 과연 세상의 중심인지. 외계인은 왜 죄다 뉴욕으로 향하는지. 어째서 살기 팍팍해 보이는 와중에 사랑이 넘치는지! 사랑, 사랑 누가 말했나. 귀국길의 내가 말할지도!

의지할 일행도, 유창한 영어 실력도 없는 내가 믿을 거라곤 모든 동선을 플랜 D까지 마련한 계획표뿐이었다. 간단한 영어 회화 표현을 암기하고,

입국 심사에서 잘못 대답했다간 으슥한 사무실로 끌려간다는 후기를 참고하여 심사 때 묻는 단골 질문과 그에 대한 답변도 준비했다. 부모님은 대책 없어 보이는 나의 뉴욕행에 일찌감치 걱정으로 앓아누우셨다. 개인의 총기 소유가 가능한 나라에 방탄복 하나 없이 가는 딸을 전혀 이해하지 못하셨지만, 과거 로맨스 영화에 깊이 탐닉했던 엄마는 곧 태세를 전환해 뉴욕에서 키아누 리브스 같은 사윗감을 구해오리라 철석같이 믿기 시작했다. 엄마가 가장 좋아하는 영화는 키아누 리브스 주연의 <구름 속의 산책>인데, 엄마는 항상 '구름 위의 산책'이라고 칭했다. '위'에서 하든 '속'에서 하든 그와의 산책이라면 뭐든 좋아할 엄마였으니까, 상관없었다. 내가 가장 좋아하는 그의 영화는 <콘스탄틴>인 걸 엄마는 아실까?

대한민국에서도 비교적 날씨가 온화한 경남에서 살다 보니, 추운 날씨에 대한 경험치가 상당히 부족했던 나는 추위에 대비하는 일을, 엄마가 영화

제목을 부르는 것만큼이나 대충 해치워 버렸다. 캐리어에 넣은 거라곤 그놈의 실용성에 초점을 두고 간단히 입을 패딩 조끼 하나(뉴욕에 도착한 지 이틀 만에, 길에 버려진 옷가지의 팔 부분을 잘라 덧대고 싶은 충동에 휩싸였다), 내복 두 벌(빨지도 못하고 돌려 입느라 귀국할 때는 쉰내가 진동했다), 셔츠와 슬랙스 바지(바람이 공기 청정기처럼 숭숭 들어왔다), 양말 몇 개.

　더 큰 비극은 따로 있었으니, 당시 여행 영상 제작에 푹 빠져 있던 내가 뉴욕에서 멋들어지는 영상을 만들겠다는 일념 하나로 목숨 부지에 필수적인 옷가지는 저토록 헐빈하게 챙겨놓고 전문가용 카메라 삼각대를 구매하는 우를 범하고야 만 것이다. 휴대전화 셀카 봉으로 중요한 장면만 찍으면 됐을 걸, 꾸역꾸역 고품질의 영상을 찍고 싶은 욕심에 이성적인 판단이 흐릿해진 탓이다. 가지고 있던 카메라가 그만한 삼각대로 찍을 만큼 성능이 좋지도 않았는데. 스물여섯 살의 나는 도대체 왜 그랬을까? 젊은 날 내린 결정은 대부분 이해하기 어렵지만, 감정에 취해 내린 결정은 아예 이해할 수 없는 경우가 많다.

　공기 중에 떠다니는 시큼한 치즈 냄새와, 게이트가 수십 개임에도 단 세 개만 열어준 탓에 장장 세 시간이 걸린 입국 심사는 뉴욕이란 도시에 왔음을 실감케 해주었다. 영화 속 도시가 아니라, 말 그대로 머나먼 타국. 왜 왔냐는 입국 심사관의 질문에 안경을 만지작거리며 말했다. Trip(여행). 혼자 왔니? Yes(네). 얼마나 있을 건데? Ten days(10일). 실제로는 7박 9일의 일정이었지만 7박 9일을 영어로 뭐라고 표현하는지 몰라 10일이라 대답하면서도, 거짓말을 했다는 이유로 사무실에 끌려가는 건 아닌지 별의별 시나리오를 다 써 내려갔다.
　셰익스피어도 울고 갈 비극을 열세 장쯤 썼을 무렵, 심사관이 여권에 도장을 찍어줬다. 뉴욕이란 도시에 크게 위협이 되지 않는 평범한 인물임을 공식적으로 판명 받는 데 꼬박 세 시간이 걸렸다. 불쑥 집에 가고 싶어졌지만 여기는 이미 비행기를 타고 열네 시간을 날아와 버린, 미국 뉴욕이었다. 인간의 힘으론 어찌할 도리도 없이, 턱도 없이, 제대로 된 준비 하나 없이 지독하게 멀리도 와버렸구나.

공항 입구 택시 승강장에서 바가지를 팍팍 쓴 요금을 내고 택시를 탔다. 차 안에서는 쿰쿰한 먼지 냄새가 났다. 집에 가고 싶었지만 택시는 공항에서 자꾸만, 자꾸만 더 멀어졌다. 참 이상한 감각이다. 이 문을 열고 나가면 우리집 대문이 보일 것만 같은데. 고개를 돌려보면 110번이라 적힌 버스가 정류장을 향해 달려올 것만 같은데. 비행기 안에서 자고 일어났을 뿐인데(비록 수면 시간이 열네 시간이었지만) 이토록 먼 곳에 떨어져 버릴 수 있는 건가. 라이트 형제로부터 출발한 인류의 기술이 이 정도로 발전했단 말인가.

정신 무장을 단단히 해야 했다. 트럼프를 대통령으로 뽑는 나라에 7박 9일이나 머무르려면. 뉴욕에서 가장 먼저 눈에 띈 간판은 미국 복권인 파워볼을 판매하는 상점이었다. 당첨금이 한국의 로또와는 비교도 되지 않는 파워볼. 영어를 조금만 할 줄 알았어도 몇 장 사 오는 건데. 여행객이 당첨돼

43

도 당첨금 전액을 준다고 하던데. 이래서 사람은 배워야 하나.

  뉴욕에서 첫날 밤을 보내고서야, 영화 속의 많은 주인공이 왜 만사 제쳐두고 사랑이라는 이벤트에 홀딱 빠져버리는지 알았다. 정확히 말하면, 혼자는 너무 외로웠다. 한국에서 느끼는 외로움과는 차원이 다른, 가슴에 8차선 고속도로가 개통된 것처럼 뻥 뚫리는 공허함이 나를 휘감았다.

  열세 시간의 시차로 인해 뉴욕이 낮이면 한국은 한밤중이었다. 깨어 있을 때 내가 아는 모든 이들은 자고 있는 상황이 낯설고 고독했다. 알고 지내던 모든 사람과 연락이 되지 않는 철저한 고립, 눈을 떴을 때 마주하는 온갖 생명이나 풍경과 초면인 상황이 믿기지 않았다. 고독은 고독만을 낳는 순수 혈통주의어서, 마음은 갈수록 가난해졌다. 브루클린 피자를 사 먹었기 때문에, 혹은 디즈니 스토어에서 그루트 화분과 〈토이 스토리〉 태엽 장난감을 샀기 때문에 가난해진 것만은 아니라는 변명을 해본다.

들어가는 식당마다 이유는 모르겠지만, 아마 인종 차별의 행태 중 하나겠지만, 어쨌건 점원이 주문을 받으러 오지 않았다. 음식값에 팁이 이미 포함되어 있다고 영수증에도 적혀 있었지만 내가 영어를 전혀 모르는 줄 알았는지 별도의 팁을 내야 한다며 쏘아붙였다. 아이스크림 가게에서는, 종업원이 말을 알아들을 수 없다며 내가 영어 단어를 뱉을 때마다 손바닥을 귀에 갖다 대는 제스처를 보였다. 아이스크림은 동심의 상징 같은 간식 아니었나. 알고 보니 동양인의 눈물을 얼려 파는 것이었나 보다.

집에 가고 싶었다. 너무 서러웠다. 누가 오발송된 택배처럼 눈앞에 나타나 비참해진 나를 구원해주길 바랐다. 몸도 마음도 축 처진 내가 긴 팔로 문을 잡아주고, 큰 입을 옆으로 길게 찢으며 환하게 웃어주는 훤칠한 뉴요커에게 심장을 뺏기지 않을 재간이 있을까? 그의 매너는 감사하지만 이어지는 스몰토크는 알아들을 수 없어 한층 더 비참해졌다.

알아들을 수 없는 영어 대신 정겨운 사투리가 흘러나오는 우리집이 사무치게 그리웠다. 그러나 불행히도 이곳은 비행기로 열네 시간을 날아온 뒤 택시로 한 시간은 더 와버린, 뉴욕 맨해튼의 한중간이었다.

설마 쓸 일이 있을까, 머리를 긁적이며 대충 캐리어에 던져 넣었던 대여섯 개의 핫팩을 동아줄처럼 손에 쥐고 연신 흔들며 길을 걸었다. 아주 많은 길을. 택시 기사가 목적지에 도착했음에도 내려주지 않고 중국말로 고래고래 소리를 질렀던 일 이후 택시를 타지 못했기 때문이다. 지하철은 악취가 심각해서 더 이상 이용하고픈 마음이 들지 않았다. 무엇보다, 완벽한 타지에서 굳이 지하까지 내려가는 건 생각보다 많은 결심이 필요한 일이었다.

맨해튼에서 가장 싼 숙소는 난방이 전혀 되지 않아 잠을 자도 피로가 풀리지 않았다. 추위에 몸을 웅크리고 잔 통에 아침이 되면 온몸에 퍼진 근육통으로 기지개를 켜기도 힘들었다. 무거운 쇳덩이에

불과한 카메라 삼각대는 길바닥에 내동댕이치고 싶은 마음이 굴뚝같았으나 기관총으로 무장한 뉴욕 경찰을 보곤 마음을 고쳐먹었다. 그래도 가져왔으니 써먹겠다는 일념 하나로, 허드슨강의 일몰을 타임랩스로 찍기 위해 삼각대를 설치하기 무섭게 강풍이 불었다. 삼각대가 쓰러지면서 연결되어 있던 카메라도 함께 내동댕이쳐져 렌즈 덮개가 깨졌다. 죽을 맛이었다.

뉴욕의 추위를 전혀 알지 못했던 가련한 경상도 소녀는 얇은 셔츠와 모시 뺨치는 통기성을 자랑하는 바지를 입고 덜덜 떨면서 렌즈 덮개의 잔해를 주섬주섬 챙겼다. 이런 척박한 환경에서 고작 한 번 만난 사람이라고 할지언정, 나를 따뜻한 레스토랑에 데려간 뒤 스테이크를 주문해준다면 그의 손등은 고사하고 발등에도 입맞춤을 갈길 수 있을 것만 같았다. 나를 위해줄 내 사람, 나만의 오롯한 감정이 너무나도 귀한 이곳은 당첨금이 1조가 넘을 때도 있는 파워볼의 도시, 뉴욕 맨해튼이었다.

식당에서 행해지는 인종차별에 지친 나는 숙소 근처 마트에 갔다. 스시 코너 앞에서 메뉴와 가격표를 바쁘게 훑으며 고민하는데 어떤 남자가 대뜸 다가와 말을 걸었다.

"안녕! 스시 먹어본 적 있어?"

"아니."

하루가 멀다고 스시를 사 먹지만, 먹어본 적이 있다고 하는 순간 쏟아질 질문 폭격을 감당할 자신이 없어 "No(아니)."를 외쳤다. 그러나 뉴요커답게, 그는 한번에 포기하는 법이 없었다. 분명히 먹은 적 없다고 했음에도 자신은 살면서 두 번밖에 먹어본 적이 없다며, 어떤 종류를 고를지 추천해달라고 했다. 속이 답답한 와중에 스피킹은 No밖에 안 되면서 리스닝은 어찌저찌 가능한 스스로가 대학수학능력시험의 결괏값처럼 느껴졌다.

이 세계가 게임 '메이플스토리'였다면, esc 버튼을 눌러 당장이라도 채널을 변경하고 싶어졌다. 나는 얼굴을 찌그러트리며 애써 웃었고, 뉴요커도 몇 마디를 더 한 뒤 어깨를 으쓱이며 멀어졌다. 어깨를 으쓱이는 제스처조차 너무도 뉴요커 같았다. 카운터에서 계산을 하던 직원은 잔돈을 나에게 집어던졌으며, 한입 베어 물은 스시는 참혹할 정도의 맛이었다. 홈플러스 초밥이 미슐랭 초밥으로 거듭나던 순간 조금 울었던 것 같다.

숙소로 돌아가니 양복에 보타이를 착용한 건물 직원이 누가 봐도 썩은 표정을 짓고 있는 나를 보며 활짝 웃어주었다. 그는 건물 이용객을 위해 엘리베이터를 잡아 주고 짐을 옮겨주는 일을 했다. 이모는 어디 가고 혼자 돌아왔냐고 물었다. 그를 만난 첫날 밤, 혼자 여행왔다는 설명을 풀어내기 힘들어 이모를 따라온 거라고 둘러댔기 때문이다. 왜 하필 그 순간 나의 머릿속엔 'aunt(이모)'라는 단어가 스쳐 지나갔던가. 영화 <앤트맨> 때문인가. 그 앤트는 'aunt'가 아니라 'ant'인데. 이름이 뭐냐는 질문에 답을 한 내게, 그는 손뼉을 치며 화답했다.

"와! 이름이 '콩'이야? 귀엽다! 작은 콩!"

"네 이름은 뭐야?"

"내 이름은 톰이야! 흔한 이름이지! Have a good night, little bean(잘 자, 작은 콩)!" 톰은 나를 향해 손을 붕붕 흔들며 인사를 해주었다. 쏘리, 톰. 난 지금 너와의 대화를 진심으로 즐길 수 없는 상태야. 해줄 말이 많은데 할 수 있는 말이 한정적이라 답답하네. 어쨌든, 열심히 일한 당신도 굿나잇.

지친 심신을 달래기 위해 방문한 곳은 자연사 박물관이었다. 딱히 유물에 흥미가 있었던 건 아니고, 영화 <박물관이 살아있다>에서 고함을 지르던 모아이 석상을 직접 보고 싶었을 뿐이었다. 얇은 옷차림만큼이나 가벼운 마음으로 갔던 박물관에서 보고 말았다. 전시실을 자유롭게 뛰어다니는 아이들과, 바닥에 커다란 스케치북을 깔고 엎드려 거침없이 선을 그려나가던 어느 예술가의 시선을. 이보다 역사적인 유물은 어디에도 없었다. 순간 맥이 탁 풀렸다. 이런 환경에서 자란 아이들과 영감을 키워나가는 예술가들을, 이번 생에는 결코 따라잡을 수 없을 거라는 확신이 들었기 때문이다.

내 삶의 한계를 이런 식으로 마주치게 될 줄은 몰랐는데. 마트에서 파는 스시의 맛보다, 지하철에서 풍기는 오줌이 말라붙은 악취보다, 호객 행위를 하는 흑인들이 손에 쥔 물건으로 가슴을 찌르며 따라올 때 느낀 두려움보다도 강렬한 충격을 받았다. 자유로움이든 예술성이든, 주관적으로 삶을 헤쳐 나가는 태도든, 어쩌면 삶의 모든 부분이든, 어떤 방면으로든 나는 뉴욕이라는 도시를 먹고 자란 존재를 이길 수 없겠지. 이거구나. 버텨 내기에 가혹한 도시인만큼, 살아 낸 자들에게 그만큼의 보상이 따르는구나. 이래서 돈만 있으면 자식을 미국으로 유학 보내려 하는구나. 내가 보지 못한 생을, 너희들은 일찌감치 주인공이 되어 누비고 있었구나. 이 순간의 나는 고작 박물관을 지나가는 관광객 중 하나일 뿐인데. 한계를 정녕 한계인 줄도 모르고 인생이라는 이름으로 감내해온 세월이 서글펐다.

변화만큼 두려운 일이 없어 최대한 신상의 변화가 적은 회사를 선택하고, 입사하기 위해 뻔한 노력을 투자하며, 그 시절 겪은 저가 항공의 좌석처럼 기울기조차 조절되지 않는 모니터와 때 낀 키보드가 전부인 책상 하나 겨우 얻은 것에 감사하고, 퇴근하면 조금 널브러져 있다가 흘러가는 시절이 아까워 뭐라도 해보려고 원데이 클래스를 전전해보지만 큰 결실은 없는 나의 인생은 미래가 기대되지 않는데, 저들의 미래는 궁금해 미칠 지경이었다. 고작 한 번 만난 아이들과 이름 모를 예술가의 내일이, 한 달 후가, 10년 뒤가 궁금해 뒤통수가 뻐근했다. 동시에 스스로의 마음이 참으로 가난함을 깨달았다. 초라한 마음이 일상으로 자리잡은 나의 모습. 이런 어른이 되고 싶진 않았는데. 테두리만 겨우 완성된 채 구석으로 밀려난 프랑스 자수 같은 모습이 참 딱했다.

　아주 이상한 기분이지. 가지지 못한 것과 그걸 가지고 태어난 타인을 부러워만 하는 초라한 마음을 확인한 순간, 내가 더 이상 초라하게 느껴지지 않았다. 누가 봐도 브루클린브리지 위의 노점에서 산 것 같은, NEW YORK(뉴욕)이 대문짝만하게 박힌 비니를 귀까지 덮어쓴 촌스러운 관광객인 내가, 미술관에서 처음 보는 작품을 감상하며 눈물 콧물 훌쩍이는 내가 마냥 작기만 한 사람은 아니었다.

테두리만 완성된 프랑스 자수는 알록달록한 실로 꾸밀 일만 남았다. 경비를 아끼기 위해 하루 3만 보씩 걸어 다녀도, 핫팩을 매트리스에 나란히 붙여 어설픈 전기장판 흉내를 낸 숙소에서 새우잠을 청해도, 체감상 3분에 한 번씩 사이렌이 울리는 타임스퀘어에서 호객 행위에 당하지 않으려 호다닥 발걸음을 재촉해도, 뉴욕에서의 감정이 찝찝한 눈물 맛으로 귀결되어도, 한국으로 다시 돌아가고 싶지 않았다. 이 각박한 도시에 가능한 하루라도 더 머무르고 싶었다.

압도적인 크기의 캔버스 앞에 앉아 두서없는 문장을 펜이 닳을 때까지 써 내려가고 싶었다. 비가 오는 워싱턴 스퀘어에서 젖어 가는 붓을 잡고 그림을 그리던 길거리 예술가와 커피를 마셔보고 싶었다. 웨이팅을 하지 않아도 되는 쉐이크쉑 매장에서 버거를 꼭꼭 씹어 삼키고 싶었다. 체스로 돈내기를 하는 노숙인에게 회심의 체크메이트를 선사하고 싶었다. 무료로 이용 가능한 실외 아이스링크에서 엘사처럼 얼음 위를 마음껏 누비고 싶었다. 여태껏 난 스케이트장에도 가본 적이 없었다. 뭐 그리 사는 게 바빴다고. 바쁘게도 가난하게 살았던 내 모습. 초라하지만 결코 초라하지 않은 모습으로, 오래도록 살아내고 싶었다. 그게 7박 9일간 뉴욕에서의 단상이었다.

브로드웨이에서 뮤지컬 〈라이온 킹〉도 보았다. 당시 상영작 중 그나마 대사를 알아들을 수 있을 것 같은 작품이라 골랐는데(가능하다면 〈위키드〉를 보고 싶었다), 첫 장면에서 주제곡인 'Circle of Life(서클 오브 라이프)'가 나올 때부터 눈물을 흘리기 시작했으니 브로드웨이가 내 눈물에 엄지발가락 정도는 잠겼으리라. 클래식 음악에는 문외한이면서 왠지 뉴욕에 왔으니 봐야만 할 것 같아 링컨센터에서 열리는 뉴욕필하모닉 오케스트라 공연도 보았다. 현지 공연이니 나의 감정을 이끌어 내주지 않을까

싫었지만 과장 하나 보태지 않고 첫 연주가 시작될 때 잠들어서, 막이 오른 후 관객들이 기립 박수를 치는 소리에 깼다. 옆자리에 앉은 할머니가 금방이라도 호통을 칠 것만 같은 표정으로 나를 째려보았지만, 프라하에서 오페라 공연을 볼 때도 이미 경험한 바 있기 때문에 괘념치 않았다. 거기서도 내리 잤다는 뜻이다.

미술에도 문외한인 나는, '그래도 여기까지 왔는데'의 심정으로 뉴욕현대미술관까지 방문했다. 기념품 숍에서는 고흐의 얼굴을 캐릭터로 표현한 머그잔을 팔고 있었는데, 귀가 잘린 부분은 반창고로 표현되어 있어 자본주의의 무서움을 실감했다. 고흐도 원하지 않을 것 같은 본인의 굿즈였는데, 돈만 되면 뭐든 파는구나.

말로만 듣던 작품을 실제로 본다고 뭐가 다르겠어, 중얼거리던 속마음이 모조리 부정당한 이날을 똑똑히 기억한다. 벽을 통째로 덮은 단 하나의 캔버스. 학교에서 미술 과목을 배울 때, 유명한 그림 밑에 주로 달리던 설명은 '강렬한 색채', '과감한 붓

터치' 따위였다. 왜 그렇게 표현했는지 실제로 작품을 마주하고 나서야 알게 되었다. 교과서에 지우개만 한 크기로 인쇄된(그마저도 흑백으로) 작품을 실제 크기로 보는 것. 아이맥스로 촬영된 영화를 아이패드가 아닌 용산 아이맥스 스크린으로 보는 것만큼의 차이라고 하면 적절한 설명일까? 화가 이름도 모르고 작품 이름은 더더욱 몰랐지만, 캔버스 앞 벤치에 앉아 작품을 바라보며 하염없이 울었다.

아까부터 계속 울었다는 이야기만 하는 듯 하다. 영화 〈아바타〉에서 나비족이 머리카락 끝부분을 연결해 서로 교감하듯, 뉴욕에서 흘리고 온 눈물방울이 뉴욕과 나를 지금까지 연결해주는 것만 같다. 떠났지만 떠나지 않은 것 같은. 열세 시간의 시차 너머 막연히 같은 선상을 달리는 것 같은. 그런 느낌적인 느낌.

로또에 당첨되어 수중에 세후 10억쯤이 있다면, 케이크 하나를 온전히 다 구울 수 있다면 얼마나 좋겠냐만. 그런 일이 일어나지 않아도, 록펠러 센터 전망대에 올라 하늘이 이소라 6집 앨범 <눈썹달>의 커버와 같은 보라색으로 물들 때까지 보는 건 가능했다. 자유의 여신상을 보고 싶은데 경비가 부족해 뉴저지까지 무료로 왕복하는 페리를 수차례 타면서 일렁이는 자유의 여신상을 보는 수고로움 역시 당첨됐다면 없었을 일이다. 여신상의 머리 꼭대기까지 올라가려면 추가 비용을 내야 했다. 남의 머리 꼭대기에 올라가는 일은 돈이 많아도 굳이 하고 싶지 않은 행위였지만.

센트럴파크에서 핫도그를 손에 쥐고 걸어도 영화처럼 사랑에 빠지는 일은 일어나지 않았다. 수중에 10억이 있어도 이건 마찬가지였겠지. 공원은 넓고, 시간은 없고, 내가 선택한 대안은 인력거를 이용하는 거였다. 키가 2미터쯤 되는 흑인이 운전하는 자전거 뒤에 실려 센트럴파크를 돌아다니는 일은 꽤 즐거웠다. 그는 어떻게든 고객과 라포를 형성하기 위해 엘리베이터를 지키는 톰처럼 많은 질문을 던졌지만, 서로 의사소통이 되지 않아 나중엔 각자 할 말만 하며 백색소음을 유발하는 데 그쳤다. 나는 한국에서의 직업이 경찰이라 말했고, 그는 러시아 귀족이 여자의 환심을 사기 위해 구입했다는 저택의 역사를 소개해주었다.

인력거 투어로 센트럴파크를 수박 겉핥기식으로 구경한 다음 공원을 나설 무렵, 어떤 남자와 눈이 마주쳤다. 눈언저리만 봤을 뿐인데도 그가 우리나라에서 활동하는 유명 배우임을 단박에 알아챌 수 있었다. 그것도 음주 운전으로 자숙 중인. 그는 허겁지겁 발걸음을 옮겼고 나는 이 일을 잊어버렸다. 몇 년이 지난 후, 그가 또다시 음주 운전을 저질러 경찰에게 단속되었다는 뉴스를 보기 전까지는. 영화 한 편 찍으면 로또 당첨금(그것도 세후로)의 세배 정도는 손쉽게 벌 듯한 위치의 사람이었지만 그 순간만큼은 참 초라해보였다.

여행이 중반을 넘어갈 무렵, 숙소의 비어 있던 옆 침대에 투숙객이 들어왔다. 한국 사람이었고, 나보다 언니였다. 언니는 다음 날 바로 브루클린으로 떠나는데 다른 일정이 없으면 오늘 하루는 맨해튼에서 같이 보내자고 제안했고 나는 알겠다고 했다. 뉴욕은 고작 한 번의 만남으로도 사랑에 빠지기 충분한 도시니까. 내 사람이 귀한 도시니까. 며칠 사이에 사람이 고파졌던 것 같다.

"언니는 뉴욕에 뭘 보러 왔어요?"

"아니. 난 아무것도 보고 싶지 않아서 여기까지 온 거야."

우리는 서로 약속이라도 한 듯 신상에 대한 정보를 묻지 않았다. 이번 만남은 여기서 끝이라는 걸, 한국으로 돌아간다고 한들 다시 만날 일은 없다는 걸 사전에 협약이라도 맺은 듯이. 챙겨간 삼각대를 활용해 언니 사진도 여러 장 찍었지만, 메일 주소도 물어보지 않아 지금껏 전해주지 못했다. 다음 날 언니는 브루클린으로 떠났고 우리의 인연은 거기서 끝이었다. 인연이라 표현하기엔 거창하고 우연이라 칭하기엔 아쉬운 만남. 사랑이라 붙이기엔 가소롭고 호기심이라 부르기엔 무거운 마음은, 그래서 가난한 마음이었다.

언젠가 크리스마스를 뉴욕에서 보내겠다는 새

로운 목표를 향해 매주 로또를 사지만, 그것도 명당이라는 판매점만 찾아가 구입하고 있지만 오히려 경비만 까먹고 있는 실정이다. 그래도 언젠가는 갈 수 있겠지. 로또 당첨이 되기 전이라도. 초라하지 않은 나로 만들어주는 도시에 가기 위해 현재의 초라함을 버틴다. 지금을 어떻게든, 보다 잘 살아내고 싶다.

그리고 마지막 질문.

맨해튼에서 가장 싼 숙소의 고장 난 라디에이터 앞에서 손을 녹이며 멋쩍게 웃던 언니. 한 달간 있을 거라는 말과는 달리 지나치게 짐이 소박했던 언니. 아무것도 보지 않기 위해 하필 많고 많은 도시 중 볼거리가 너무도 많은 뉴욕에 당도한 언니. 비행기로 열네 시간을 날아 택시로 한 시간은 더 떠나온 곳에서, 내가 생애 가장 초라한 시간을 보내던 바로 그 순간에 우연히 만나 하루간의 시간을 나눴던 언니. 렌즈 덮개가 깨진 카메라의 뷰파인더에 비치던, 환하게 웃던 언니.

언니는 지금, 잘 지낼까?

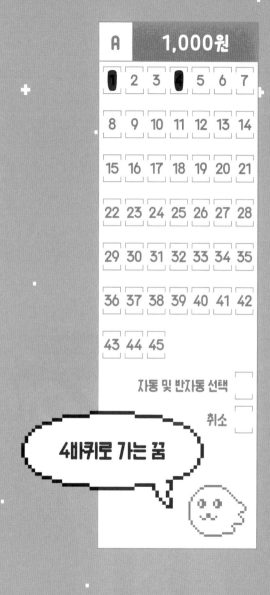

물질은 꿈이 될 수 있나? 그렇다면, 내게도 꿈이 있었다. 10년도 더 된 꿈이.

첫 번째 꿈. 아디다스 추리닝 한 벌에 대한 이야기.

소풍 전날 밤. 잠들지 못한 채 침대에 무릎을 꿇고 앉아 기도를 올리던 소녀가 있었다. 소원은 단 하나. 내일 아침 눈을 떴을 때, 아디다스 추리닝 한 벌이 머리맡에 놓여 있도록 해달라는 제법 세속적인 내용. 중학교 1학년 때의 일로 기억한다.

당시 소풍에서 가장 심혈을 기울였던 부분은, 당일 어떤 의상을 입고 등장하냐는 것이다. 적어도 내가 다녔던 학교의 분위기는 그랬고, 그때의 나는 아디다스 추리닝 한 벌이 너무너무 입고 싶었다. 당시 또래 사이에서 그 의상만큼이나 트렌디하고도 쌔끈한 의상은 없었다. 매장 앞을 지나갈 때마다 거의 매달리다시피 하며 절박한 표정을 짓던 나를, 엄마는 결코 돌아보지 않았다. 이유는 간단하다. 엄마는 어른이었기 때문이다. 한정된 자원으로 자녀 셋을 양육해야만 하는 어른. 아들은 장애를 가지고 태어나 24시간 돌봄이 필요해 맞벌이도 불가능한 상황. 그런 엄마의 기준에서, 초등학교 체육복과 비슷하게 생긴 추리닝을 10만 원이 넘는 돈을 주고 살 이유나 여유는 전혀 없었을 것이다.

추리닝이란 참 포지션이 애매한 의복이다. 엄마와 같은 어른의 눈으로 보았을 때 단정한 차림은 아니니 친척 모임에서 입기도 애매하고, 어차피 교복을 입고 등하교하는 학생이니까 사복이 많이 필요하지도 않을뿐더러, 여러 상황을 고려했을 때 금액에 비해 활용도가 너무 낮다는 계산이 도출된다. 그러나, 그건 어른의 기준 아닌가. 그 시절의 나는 이성적인 판단을 내려주는 어른이 필요한 게 아니었다. 왜 입고 싶어 하는지, 하고 많은 옷 중에서 왜 하필 추리닝을 원하는지, 딸의 마음을 헤아려줄 엄마가 필요했던 건데. 엄마가 필요한 순간마다 엄마는 매번 어른이기만 했다.

아침이 밝아오고 요술 램프 지니가 곁에 있는 것도 아니므로, 사지 않은 추리닝 한 벌은 당연히 생기지 않았다. 난 엄마가 골라준, 어른의 기준에서 예뻐 보일진 몰라도 친구들 사이에선 다소 촌스러운 옷을 입고 소풍에 가야만 했다.

엄마는 수중에 10만 원이 없어서 추리닝을 사주지 못한 게 아니다. 어른인 엄마의 기준에서 10만 원으로 할 수 있고 해야만 했던 당장의 일이 산적했을 뿐이다. 엄마가 들어주지 않은 나의 요구는 아주 많은데, 이상하게도 이 일 만큼은 도통 잊히지 않았다. 옷에 대한 투정을 넘어 하나의 상징적인 의미로까지 다가왔다. 나 또한 선택의 순간에서 일의 순서를 따져야 할 때마다 또 다른 아디다스 추리닝을 맥없이 뒤로 밀어낼 거라는 예감이 들었기 때문이다.

어른으로 자라면서 포기해야 할 게 비단 추리닝 한 벌만은 아니라는 어린 소녀의 예감은 집안일이 바쁘니 대충 먹어야겠다며 우두커니 선 채 찬물에 밥을 말아 먹는 엄마를, 옥상을 수리하다 칼에 베여 큰 상처를 입었지만 바쁘다고 병원에 가지도 않고 붕대만 말고 다니는 아빠를 보며 확신으로 바뀌었다. 우리집은 엄마가 끼니도 제대로 챙기지 못할 정도로 일이 쏟아지는 집도 아니었고, 어려운 시기가 있긴 했어도 아빠가 칼에 베인 상처조차 치료하지 못할 정도로 극한에 치달은 집도 아니었다.

그냥, 엄마에겐 차분히 식사를 차려 먹는 것보다 급한 일이 있었던 거다. 하다못해 이모와의 전화 통화조차 엄마에겐 끼니보다 급한 일정이었다. 아빠는 병원에 갈 시간이 충분했음에도 여유가 생기면 잠을 자거나 당구장에 갔다. 이런 모습까지 유전되는지는 모르겠지만 애석하게도, 내가 돈을 벌게 되었을 때도 마찬가지였다. 나 역시도, 추리닝 한 벌보다 급한 일은 얼마든지 많았으니까. 무룼 꿇고 빌던 중학생의 기준이 아니라, 적은 월급을 어떻게든 효율적으로 사용해야 하는 직장인이 되어버린 나의 기준에서 그랬다. 추리닝 한 벌은 끝도 없이 뒤로 밀려나 소비 목록 탑 100에도 들지 못하는 처지가 되었다.

아디다스 매장 앞을 지날 때마다 마음이 무거웠다. 등 뒤로 좌르륵 진열된 숱한 추리닝이 우리집 옷장으로 들어올 날은 과연 언제일까. 각 분야의 댄서들이 춤으로 경쟁하는 프로그램이 대한민국을 강타했을 때도, 나의 마음을 가장 먼저 강타한 건 그들이 춤만큼이나 뽐내던 스트리트 패션이었다. 각양각색의 추리닝을 보느라 시간 가는 줄 몰랐다. 눈이 빙글빙글 도는 것만 같았다. 프로그램이 인기를 끌자 거리에는 댄서들과 비슷한 차림을 하고 다니는 사람들이 활보했다. 저렇게 많이들 입고 다니는데 나도 한 벌 쯤은 사도 되지 않을까.
그러나 막상 사려고 결심하는 순간 청첩장이 날아들고, 예상 밖의 장소에서 예상치 못한 이유로 단속되었다는 과태료 고지서가 발부되고, 넉넉한 줄 알았던 생필품이 똑 떨어지는 일의 연속이었다. 정말 아무런 이벤트 없이 무탈히 지나간 달에 생긴 여유자금은 저금하느라 바빴다. 앞서 나열한 뜻밖의 사건이 뜻하지 않은 순간에 몰아칠지도 모르니까. 대비를 해야만 하니까. 고작 추리닝 한 벌보다 급한 일은 언제고 생길 테니까. 그게 어른으로 자란 이의 어른스러운 선택임이 틀림없으니까.

추리닝은 언제든지 살 수 있다. 돈만 있으면 구입할 수 있는 재화에 불과하다. 지금도 마음먹으면 살 수 있지만 그토록 염원하던 추리닝 한 벌은 '고작' 추리닝 한 벌로 전락해버렸고, 나조차 어린 시절의 나를 달래주지 못하고 있는 셈이다. 로또에 당첨되면 사야지. 색깔별로, 디자인별로 다 사야지. 이 책이 많이 팔리면 살 수 있지 않을까. 5쇄, 10쇄 쭉쭉 나간다면? 아냐. 그때 갑자기 큰돈 나갈 일이 생길지 어떻게 알고? 아무래도 기도하던 중학생의 마음을 헤아릴 준비를 마치기엔 갈 길이 먼 것 같다.

두 번째 꿈. 2007년에 품은 결심에 대한 이야기.

2007년은 무슨 해인가? 많고 많은 일이 있었지만, 뭐니 뭐니 해도 드라마 〈커피프린스 1호점〉이 최초로 방영된 해이다. 2007년 여름에 첫 방영이 시작되어 마지막 회 시청률 27.8퍼센트를 기록한, 지금까지 '여름' 하면 떠오르는 드라마로 회자되는 작품. 마치 '청춘'이란 명사를 의인화한 것 같은 인물들이 차례차례 등장하며 얽히고설키는 전개로 시청자들을 이탈하지 못하게 만들어 수많은 '커프 페인'을 양산하기에 이른 드라마. 적재적소에 사용된 배경 음악과 당시만 해도 생소했던 바리스타라는 직업 세계에 대한 소개까지 더해져 그야말로 초대박을 터뜨린 〈커피프린스 1호점〉! 나 또한 열심히 본방송과 재방송을 챙겨 보며 애청자로서의 임무를 톡톡히 해냈는데, 드라마에 매료된 지점이 다른 애청자들과는 사뭇 달랐다.

주인공인 최한결에게 빠진 게 아니라, 그가 드라마에서 타고 다닌 자동차에 완전히 사로잡힌 것이다. 정식 모델명은 BMW(비엠더블유)에서 출시된 미니 컨버터블. 나는 이 드라마에서 뚜껑 열리는 차를 처음 보았고, 흔히 '오픈카'로 불리는 이런 차의 명칭이 '컨버터블'이란 것도 처음 알았다. 그렇게 어느 날 갑자기 나타난 자동차 한 대는 나의 꿈이 되었다. 네 바퀴로 굴러가는 나만의 꿈이.

공유와 윤은혜, 아니, 최한결과 고은찬이 서로 외계인이라도 상관없다며 영업시간이 끝난 카페에서 냅다 입술을 부딪치던 장면이나 바구니에서 흘러나온 도토리를 따라가다 머쓱하게 재회하던 장면, 영화 <탑건> 속 비치발리볼 장면처럼 각자의 젊고 건강한 몸을 뽐내며 프린스들이 농구코트를 누비는 장면은 머릿속에 흐릿하게 남아 있다(그런 것치곤 꽤 자세히 기술한 것 같지만).

그러나 최한결이 자동차 뚜껑을 열고 한 손으로 운전할 때 맞바람에 앞머리가 휘날리는 장면이나, 뚜껑 열린 차에 탄 고은찬이 조수석에서 벌떡 일어나 밖을 향해 함성을 지르는 장면은 가슴에 별자리처럼 콕 박혔다. 잘 때마다 그 장면들을 꼬옥

안고 잠들었다. 자동차 한 대가 어느 날은 천칭자리가 되었다가 다음 날은 전갈자리, 다다음 날은 염소자리로 형태를 바꾸며 매일 밤 색다른 희망을 주었다.

　얼마나 다양한 세상인가? 뚜껑 열리는 차가 있다니! 이 세상에 내가 모르는 낭만은 도대체 몇 개란 말이야? 새롭게 경험해볼 수 있는 일이 넘쳐나겠지. 어른이 되면 저 차를 사고 말 거야. 반드시 그렇게 될 거야. 드라마 속 장면은 나의 일상이 될 거야. 살고 싶은 대로 살아볼 거야. 마음만 먹으면 다 가능할 줄 알았다. 가슴에 박힌 별자리를 품에 안고, 매일 밤마다 마음을 마음껏 먹어댔다. 자신의 가능성을 순수하게 믿던 어린 시절의 유일한 포식이었다.

　하지만 10만 원짜리 추리닝 한 벌을 과감히 사지도 못하는 판국에, 5천만 원에 육박하는 미니 컨버터블을 살 수 있을 리 만무했다. 중앙경찰학교 시절, 매점에서 캔맥주를 박스째 구입하는 사치를 부린 나와 동기들은 앞으로의 중기재정운용계획을 열띤 목소리로 나누곤 했다. 이 돈(교육비 명목으로 지급된 100만 원이 채 되지 않던 월급)으로 뭘 하고 살 수 있을지, 시시껄렁한 이야기를 시시하게 떠들며 안주라곤 오다리뿐인 소박한 술상 앞을 오래도록 지켜가면서.

본가가 아닌 지역으로 발령 받을 예정인 동기들의 표정은 대체로 어두웠고, 특히 부모님으로부터의 경제적 지원을 기대할 수 없는 이들의 한숨은 한층 더 무거웠다. 우리, 국민들을 위해서가 아니라 건물주를 위해 일해야만 할 것 같아. 국민들 지키기 전에 월세부터 지켜야 할 형편이야. 누군가의 넋두리에 시시한 웃음을 흘리며 오다리를 집어먹었다. 짜디짠 포식이었다.

불량 식품을 나눠 먹으며 다음 날 아침 대운동장 집합 훈련 때 소나기가 쏟아지길 기도하고, 어떻게 하면 1분 1초라도 빨리 배식을 받을 수 있을지 촉각을 곤두세우고, 실탄 사격 훈련을 받고, 근무복이 새로이 지급될 때마다 100장 정도의 셀카를 찍었던 나와 동기들은 무사히 졸업해 각자의 발령지로 떠났다. 영원할 것 같던 드라마 <커피프린스 1호점>의 방영도 끝이 났다. 프린스 중 한 명으로 출연했던 어느 배우는 불의의 사고로 세상을 떠났다. 추후에 건강이 악화되어 세상을 떠난 배우도 있었다. 히터가 고장 난 생활실에서 등을 맞대고 체온을 나누었던 동기들은 각자의 발령지만큼이나 멀어져 버렸다. 미니 컨버터블의 가격은 해가 바뀔수록 미세하게 비싸졌다. 나의 청춘은 오르막에 도달한 적도 없이 평균 150만 원이라는 급여 명세서를 손에 쥐고 줄어드는 케이크와 함께 내리막길로 걸어가고 있었다.

공제회에 100만 원을 납입했더니 월급 실수령액이 80만 원이라며, 동기인 수석 언니는 한참을 깔깔거렸다. 언니는 타지에 발령 받아 자취를 시작한 이후 소고기를 사 먹은 적이 없다고 했다.

"내가 돈을 버는 건지 쓰는 건지 모르겠어."

"버는 거죠, 언니. 버니까 쓸 수 있는 거잖아요."

언니는 짐짓 비장한 투로 말했다.

"아냐. 생각해 봐. 내가 차라리 백수였다면, 그래서 집에 박혀만 있다면? 출퇴근 교통비도 안 들고, 자취한다고 집밖으로 나가서 월세랑 공과금 낼 일도 없고, 옷이나 화장품값도 안 들고, 술 취한 사람 상대하느라 생긴 화병을 달랠 소주까지 살 필요도 없고… 오히려 돈 아끼는 길 아닐까? 나 지금 괜히 일하는 거 아냐?"

"일단 공제회 액수부터 좀 줄여요. 언니는 너무 극단적이에요! 저금이 필요한 건 맞지만 누가 월급 전부를 꼬라박으래요! 공격도 수비수가 어느 정도 있는 상태에서 하는 거지, 골키퍼까지 공격에 가담시키면 어쩌자는 거예요!"

언니는 은행에서 투자 성향을 분석할 때면 가장 공격적인 투자 유형이 나온다고 했다. 결코 안정 추구형을 벗어나지 않는 나와는 정반대인 성향을 가진 언니가 웃으면서 말했다.

"언젠가부터 사는 게 너무 억울해졌어."

"뭐가요?"

"그냥. 다 억울해. 꼬박꼬박 월세 받아 가는 집주인 할아버지나. 할아버지 건물에 병원 하나 차려서 잘 먹고 잘 사는 할아버지 아들이나. 부모 잘 만나 집 걱정, 월세 걱정 없이 지내는 애들이나. 허구한 날 욕먹다 볼 일 다 보는 우리 회사나. 소고기 자주 사 먹는 놈들이나…"

경찰학교에서의 언니는 지나치게 납작해서 발바닥이 땅바닥에 직접적으로 닿지 않게 하는 것 외에는 어떠한 기능도 없어 보이는 슬리퍼를 신고 생활실을 누볐다. 우리들은 그런 언니의 등 뒤를 졸졸 따라다니며 놀리곤 했다. 저런 슬리퍼는 어디서 파는 건지. 저런 걸 사는 사람이 있는 건지. 그 사람이 하필 우리 생활실 사람인 이유는 무엇인지. 진짜 예비 경찰관의 모습이 맞는지… 언니의 슬리퍼 하나로 30분은 너끈히 웃을 수 있었던 때가 바로 몇 달 전이었건만. 전화기 너머의 언니 목소리는 마치 그때의 슬리퍼만큼이나 납작하게 들렸다.

다음달 월급을 타면 같이 소고기 먹으러 가자는

나의 제안에 언니는 호주산 소고기를 파는 고깃집도 있는지 알아보겠다고, 생각해보니 자신은 한우와는 썩 궁합이 좋지 않은 것 같다며 너스레를 떨었다. 그렇게 우린 또 웃었다.

인생을 하나의 장편 영화로 치환한다면, 감독은 다름 아닌 나 자신이다. 자신이라는 영화에서 감독이 되라는 좌우명은 흔하지만 흔한 만큼 사실이다. 그런데, '나'라는 영화는 영화제 출품은커녕 어느 공모전에 내밀어도 줄줄이 고배를 마실 만큼 지루하게 느껴졌다. 나름의 고난과 슬픔은 있었지만 멀리서 봤을 땐 견뎌낼 수 있을 만큼의 성장과정이라 퉁칠 수 있고, 무난한 직업을 골라 무난히 나이 들 일만 남은 뻔하디뻔한 영화.

낙첨된 로또 종이를 쥐고 시무룩해진 엄마의 등. 먹으면 눕고, 누우면 자고, 잠들었다 눈뜨면 다시 출근이고, 퇴근 후 잠깐이라도 누우면 급속도로 잠에 빠져드는 반복에 신물이 났다. 세상에 시사하는 메시지가 무엇인지, 있긴 한 건지 도통 알 수 없고 예술성도 희박하며, 서글프지만 로맨틱이나 에로틱은 탄생조차 없던 이 영화에도 감독이 있다면 부디 이 신을 커트해주길 바랐다. 젠장! 이제 그만 이런 영화는 집어치워! 슬레이트를 치며 외쳐주길 바랐다.

아니다. 내가 처한 이 상황은 NG(엔지)였으면 좋겠다. 대본 속 정해진 상황이라 생각하면 너무 아찔하다. 여기서 그만 촬영을 중단하고 희망과 즐거움, 희열로 가득 찬 대본을 새로 집필해 전개를 바꿨으면 좋겠다. 쪽대본이어도 상관없다. 주인공인 내가 즐겁기만 하다면. 하지만 '나'라는 영화의 주인공도 '나'고, 감독도 '나'다. 카메라를 멈출 수 없는 이 영화에 변화를 주려면 내가 움직이는 수밖에 없었다. 촬영을 멈추든, 필사적으로 새로운 대본을 써 내려가든, 아예 기획을 뒤엎든, 혹은, 잊힌 떡밥을 회수하든.

잊힌 떡밥.

그것은 아주 오래 미뤄둔, 네 바퀴로 가는 꿈. 타

이어가 바닥에 닿아본 적도 없는 나의 꿈. 왜, 살면서 그런 순간이 있지 않나. 더는 이대로, 기존에 살던 대로 살 수 없을 것만 같은 때. 지루하고 발전 없는 이 영화를 타개할 완벽한 해결책은 이것밖에 없어 보였으니 더 이상 미루지 않기로 했다. 5년간 타던 차를 중고로 정리하고 미니 컨버터블을 계약하기까지는 일주일이 채 걸리지 않았다.

유튜브로 '카푸어' 관련 영상을 모조리 섭렵하고, 카푸어로 지칭되는 모든 조건이 나에게 부합한다는 걸 알면서도, 증발하고 있는 케이크가 부들부들 떨고 있는 걸 보면서도 나는 고!를 외쳤다. 물론 내가 가진 돈으로는 앞바퀴조차 살 수 없었기에 은행의 도움을 받았다. 은행원은 내가 챙겨온 단 세 장의 서류와 신분증만을 확인한 뒤 연봉의 두 배에 달하는 돈을 대출해주었다. 제1금융권으로부터 합리적인 조건으로 돈을 차용할 수 있다니. 사회적으로 증명할 수 있는 신뢰를 얻기 위해 고군분투한 나날이 떠올라 잠시 눈시울이 시큰해졌다. 제법 열심히 살았나 봐, 나. 이제 더 열심히 살아야 해. 이 많은 돈과 이자를 갚으려면. 카푸어가 악화되어 라이프푸어에 이르지 않으려면.

통장에 꽂힌 돈의 실물은 구경조차 하지 못하고 모조리 네 바퀴로 가는 꿈에게 들어갔다. 공식적인 카푸어가 된 것이다. 차가 출고되는 날에 맞춰 중고차 딜러와 약속을 잡고, 기존에 타던 차를 처분하기로 했다. 5년간 딱 7만 킬로미터를 탄 차. 통풍 시트 옵션이 없어 한여름 햇볕으로 달궈졌을 때 올라타면 엉덩이가 타들어가는 것 같은 고통을 느끼게 했던 차. 핸들 열선 옵션도 없어 겨울엔 핸들 5초 잡았다가, 핫팩으로 10초간 손을 녹였다가 바쁘게 움직이며 몰았던 차. 5톤 트럭과 추돌해 범퍼가 가차없이 찌그러지기도, 공사 차량을 미처 보지 못하고 후진하다 트렁크가 통째로 날아가기도 했던 차. 리터당 10원이라도 더 싼 곳으로 가겠다며 고집 부리다가 계기판 주행 가능 거리 48킬로미터를 훌쩍 넘어서는 75킬로미터 뒤의 다음 주유소까지 퍼지지 않고 가주었던, 고생 많이 한 내 인생 첫 차.

조수석에 정말 많은 사람이 오갔었다. 잠깐 앉았다 간 사람도, 꽤 오래 머물렀던 사람도, 며칠간의 여정을 끝까지 함께한 사람도 있었는데. 여전히 소중한 인연으로 남은 사람도 있고, 차에서 내림과 동시에 등돌려 떠난 사람도 있다. 누구와 함께였건, 어디로 떠났건 불평불만 하지 않고 늘 나와 같은 길을 가준 차. 첫 차인데 이름도 안 붙여줬냐는 친구의 타박에 대충 큐삼이라 부르고 다녔다. 좀 신중하게 지어줄걸. 르노 삼성에서 나온 QM3 차량의 85퍼센트는 이름이 큐삼이인 것 같던데.

새 차가 나오는 마당에 중고로 보낼 차에 돈 쓰고 싶지 않아 줄어드는 기름을 무시하고 한 방울까지 알뜰히 탔더니, 딜러가 기다리는 곳에 도착했을 땐 이미 주유 경고등이 떠 있었다. 큐삼아. 딜러가 너를 800만 원에 사 간대. 우리 함께 참 많은 길을 달렸는데 그게 독이 된 것 같아. 연식에 비해 킬로 수가 높아서 감가가 많이 됐대. 다음 주인은 부디 성격이 차분한 사람이길 바랄게. 과속이나 무리한 끼어들기 같은 건 사전에도 없는 사람으로. 마지막인데 밥까지 굶겨서 미안해. 열선 없는 차가운 핸들을 쓰다듬으며 육성으로 좋은 주인 만나라는 말을 뱉는데 눈앞이 흐려졌다. 안녕, 큐삼아. 진짜 마지막이네. 인간은 왜 모든 사물에 이름을 붙이는 고약한 습성이 있는 걸까? 괜히 이름을 지어준 통에 곱절은 더 슬프잖아. 큐삼이는 대답 대신 주유 경고등만 깜빡이고 있었다.

BMW 전시장에선 10년도 더 된 꿈이 나를 기다리고 있었다. 앞유리에 왕 리본을 붙인 채로. 그 모습을 보는 순간 큐삼이에 대한 생각은 대출을 땡기면서 증발한 케이크 조각처럼 순식간에 사라졌다. 카푸어의 등장을 환영이라도 하듯, 전시장의 모든 직원이 나의 출고를 축하해주었다. 새 차에게는 곧바로 '라마'라는 이름을 지어주었다. 앞모습이 동물 라마를 닮기도 했고, 이 차를 타는 동안 책의 판권이 팔리든 직접 드라마를 하나 쓰든 어떤 식으로든 미디어 관련 호재가 있길 바라는 욕망을 담아서.

이후 나의 모든 재정운용계획은 라마를 위주로 돌아갔다. 뚜껑(정식 명칭은 '탑'이다)이 열리는 컨버터블 차량이다 보니, 차량 지붕이 철판이 아닌 특수 직물 소재로 되어 있어서 비가 오나 눈이 오나 정말 오매불망 라마 걱정뿐이었다. 어떻게 자동차 지붕이 천으로 되어있단 말인지! 그런 기술력이 가능한 거냐고! 기형도 시인이 <엄마 걱정>이란 시를 썼듯이, <라마 걱정>이란 시를 연작으로 발표하고도 남을 심정이었다. 삼시 세 끼는 걸러도 하루 세 번 라마에 문제는 없는지 문안 인사를 드렸고 혹여 탑 부분에 새똥이라도 묻은 날엔 득달같이 상태를 확인한 후 제거 작업에 돌입했다. 밤이 되면 라마를 내 방으로 불러 끌어안고 자고 싶은 충동에 휩싸였다. 이불도 덮어주고 전기장판도 켜주고, 더운 날엔 에어컨도 틀어주고 해달라는 건 다 해줄 수 있는데.

관리가 힘들긴 했지만 그럼에도 불구하고, 라마는 진정 네 바퀴로 가는 나만의 꿈이었다. 무미건조했던 삶에 기대하지 않던 폭설이 쏟아진 후 얼었던 대지가 녹으면서 총천연색의 자연이 피어오른 것만 같았다. 라마를 필두로 잊었던, 혹은 멀리멀리 미뤄뒀던 많은 결심과 꿈들이 마구마구 싹을 틔웠다. 내일은 어딜 가봐야지. 거기서 뭘 해봐야지. 그 전에 이걸 준비하면 더 좋지 않을까? 아이디어가 샘솟았다. 뉴욕에서 흘린 눈물이 하늘로 올라가 구름이 되어 행복만을 내려주는 것만 같은 기분. 자동차 한 대가 이토록 큰 기쁨을 줄 수 있다니. 이건 진정 사랑이야. 사람은 사랑을 해야만 해. 그 사랑이 결국 우리를 구할 거니까.

라마의 뚜껑을 열고 많은 길을 달렸다. 조수석의 고은찬은 엄마였다가, 친구들이었다가, 회사 동기가 되기도 했다. 그러나, 가장 많은 시간 동안의 고은찬은 바로 나였다. 노래에 맞춰 신나게 함성을 지르고 옆자리에 앉은 이를 진심으로 사랑하는 시간. 순도 100퍼센트의 행복으로 꽉 찬 거리. 아, 총천연색 인생이여! 찬란하구나, 정말로!

꿈은 왜 꿈인가. '보이스 비 엠비셔스'가 아니라 '걸스 머스트 해브 슈퍼 카'다. 줄어든 케이크는 라마와 함께라면 금방 회복할 수도 있을 것만 같았다. 후회는 없다. 최소 10년은 타야지. 아니. 10년이 뭐야. 죽을 때 순장해달라고 할 거야. 죽어서 묻힐 때 관으로 쓸 거야.

허나 인생이란 참으로 변화무쌍한 것. 이 글을 쓰는 지금, 나는 라마를 중고로 판매했다. 딱 1년 만의 일이다. 네 바퀴로 가는 케케묵은 꿈. 나를 최한결로 만들었다가, 고은찬이 되게 했다가, 함께하는 모든 이를 프린스로 둔갑시켜준 라마. 1년 사이 로또 당첨이 되지 않아 상심하여 판 건 아니고 (단돈 5천 원에도 당첨되지 않은 건 사실이지만) 가파르게 상승하는 대출 금리가 부담스러워서 판 것도 아니다(솔직히 영 아니라고 단정 짓기엔 양심에 찔린다). 1년간 개인 사정이 변했다. 꿈은 일회성이지만 현실은 지속적이었을 뿐. 꿈은 꿈일 뿐이지만, 현실은 언제나 현실이었을 뿐이다.

라마를 팔 때도 주유 경고등이 점등되었다. 의도한 건 아니었는데 또 그렇게 됐다. 4리터밖에 남지 않은 기름을 가지고 라마는 어딜 떠날 수 있을까. 탁송 기사가 운전석에 앉는 걸 보고서야 운전석에 나 이외의 사람이 타는 건 처음임을 알았다. 우리 라마, 많이 놀랐겠다. 안녕. 다음엔 부디 대출을 끌어모은 카푸어가 아니라, 마음도 지갑 사정도 여유로운 주인을 만나 오래오래 함께할 수 있길 바랄게. 떠나는 뒷모습까지 이쁘면 어쩌자는 건지. 덩치에 맞지 않는 묵직한 배기음을 내며 빠르게 멀어지는 라마의 모습을 빤히 바라보았다. 차가 고성능이라 그런지 참 빨리도 가네. 눈물이 턱으로 떨어지기도 전에 라마는 모습을 완전히 감추었다.

평소 라마를 함께 아껴주었던 지인과 가족들도 섭섭함을 감추지 못했다. 라마라는 이름을 붙이지 않았다면 덜 슬프게 이별할 수 있었을까. 고약하게 또 이름을 붙이고 말았네. 어김없이 정을 주고 말았어.

이젠 네 바퀴로 가는 꿈 대신 두 발로 이륙하는 꿈을 꿀 때지. 신발 끈을 더욱 단단히 맸다. 앞으로 많은 길을 두 발로 걸어가야 하니까. 라마를 판 돈으로 추리닝 한 벌을 살까 했는데, 결국 사지 못했다. 한번 어른이 된 사람은 되돌아갈 수 없나 보다.

시간은 또 흐른다. 실수령 80만 원에 그쳤던 수석 언니의 월급도 공제회 금액을 줄이면서 정상 궤도를 찾아갔고, 라마는 내가 판 가격보다 정확히 350만 원 비싼 값으로 중고차 홈페이지에 등록된 채 새 주인을 기다리다가 겨울이 끝나기 전 팔렸다는 걸 알게 됐다. 봄은 컨버터블을 타고 날씨를 만끽하기에 더없이 좋은 계절이다. 라마에게도, 새로운 주인에게도 전과는 다른 햇볕이 찾아가겠지.

반면 자가용이 없어진 현재의 나는 술이 많이 늘었다. 반주를 곁들이지 않는 밥상은 시시하기만 하다. 인생의 리듬이 안단테에 맞춰 간다. 안단테는 '걸음걸이 빠르기로'라는 뜻인데 보통 '느리게'로 해석된다. 차가 없어진 이후 뚜벅이 생활을 하는 나의 걸음은 빠른 건지 느린 건지. 숨이 가쁘게 발을 굴러도 유유자적하게 지나가는 자동차를 따라잡을 순 없겠지. 결국 모든 건 다 상대적이다.

나의 발걸음은 결코 느리지만은 않다고 믿으며
오늘도 뚜벅뚜벅 걷는다.

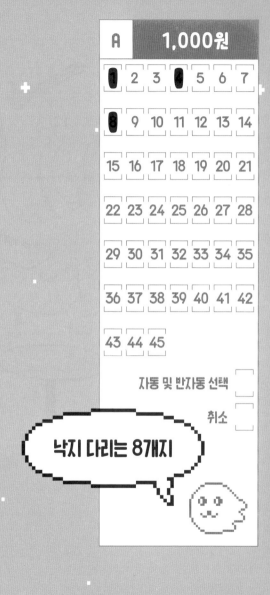

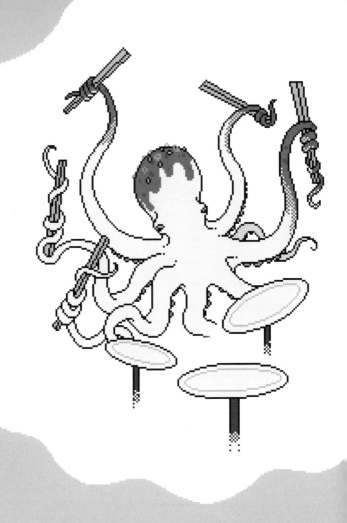

단 한 가지로 요소로 이루어진 건 없다는 점에서, 음식은 하나의 우주가 된다. 유니버스 그 자체다. 난 음식이라는 정복하지 못한 우주를 영화 < 그래 비티 > 속 샌드라 블럭처럼 질기고 고독하게, 그러나 끝은 존재하리라는 희망을 붙잡고 탐험하고 싶은 애송이 모험가다. 로또에 당첨되기만 한다면 가진 것 없는 애송이 모험가는 강화 장비를 풀로 착용한 숙련된 전사가 되어 지구에서 나만의 우주를 꾸려나갈 수 있을 텐데. 왜 그걸 몰라줄까? 로또의 신이 있다면 부디 이 책을 읽으시오. 두 번 읽으시오. 소리 내어 네 번까지 읽도록 하시오.

이건 정복하지 못한 광활한 우주인 음식에 관한 이야기.

학력 콤플렉스가 있는 난 어디서건 교양 있는 사람이 되고 싶었다. 교양 넘치는 늙은이가 궁극적인 삶의 지향점이랄까. 이 문장에서 정립한 '교양'이란, 살면서 겪게 되는 커다란 문제를 헤쳐 나갈 때 뚜렷한 해결책을 제시하지도 못하고, 돈벌이 수단으로도 사용할 수 없을 만큼 두서없는 지식만을 속속들이 갖춘 자세 정도로 해석할 수 있다. 요즘 문장으로 표현해보자면 '알아두면 쓸데없는 신비한 잡학사전' 같은 사람. 사전 중에서도 가장 원하는 분야는 음식이었다. 음식을 정복하려면 정말 모르는 게 없어야 하기 때문이다.

'음식'의 사전적 정의는 '사람이 먹고 마시는 것을 통틀어 이르는 말'이다. 요리를 먹을 때 마실 수 있는 건 너무 많다. 술만 해도 전통주, 소주, 맥주, 와인, 위스키, 칵테일과 같은 분류가 있고 음료수도 콜라, 사이다, 환타, 주스, 에이드 등이 있으며 여기에 '제로' 옵션까지 있으니 대기업의 문어발식

사업 확장만큼이나 가지를 많이 치는 분야다.

사람이 '먹는' 것은 또 종류가 얼마나 많은가? 한식, 중식, 일식, 양식과 같은 대분류가 있고 각각의 하위 분류는 셀 수도 없다. 정말 우주를 떠도는 별처럼 하나하나 이름 붙이기도 힘든 수의 음식이 존재한다. 하나의 대분류를 정복하기는커녕, 맛보기만 해도 인생은 짧다. 그러니 음식을 제대로 알기 위해선 얼마나 많은 지식이 필요하겠는가. 고로, 척척박사는 따 놓은 당상이란 말씀. 나는 고졸이니 척척 고졸로 거듭날 수 있는 길이다.

자취 경험이 있거나 스스로 장을 봐서 요리를 한 적 있는 사람이라면, 식재료에 대한 지식을 제대로 습득하는 것조차 보통 일이 아님을 안다. 지식이란 돈만 있다고 해결되는 분야가 결코 아니라서, 뭐든지 해봐야 안다. 쪽파 한 단을 샀다가 실제로 요리에 쓴 건 두 가닥이고, 나머지는 모두 시들해져 뭉텅이째 버린 일이라거나 금방 다 먹겠지 싶은 생각으로 편 썰기를 해놓은 마늘에 며칠 뒤 물이 생겨

모조리 버린 일이 쌓여 만들어지는 지식이다. 얼마나 많은 재료를 버려보느냐. 이것이 음식에 관한 지식의 척도랄까.

해박한 음식 지식을 갖게 될 경우 또 좋은 점이, 모르는 사람과 대화를 이어가기에도 이만한 주제가 없다는 거다. 식사야말로, 하다못해 커피 한 잔이라도 사교 행위에서 빠질 수 없는 종목. 물이든 커피든 음식이든 술이든 뭐든, 일단 '먹고 마실 수 있는' 곳에서 타인을 만나는 경우가 대부분이니까.

나의 친구 난새는 술을 좋아해서 조주기능사 자격증을 취득한 데다 요즘엔 와인에 깊이 매료되어 있는데, 좋은 식당에 갈 때면 엄선해 고른 와인을 가져와 모두에게 맛보게 한다. 노량진 수산시장에서 생새우를 먹을 때도 콜키지가 가능한 식당을 골라 갔다. 식당에 자신이 소유한 와인을 들고 간 뒤 와인 잔과 칠링 등의 서비스를 제공 받는 대신 얼마간의 비용을 지불하는 행위를 '콜키지'라 부른다는 것도 난새를 통해 처음 알았다. 선호하는 포도의 원산지는 어디이고(들을 때마다 까먹는다) 무슨 음식에는 이런 종류의 와인이 어울린다는 둥, 줄줄이 읊는 모습이 그렇게 멋질 수 없다. 바로 이거지. 내가 원하는 이상향!

　지식을 가장 빠르게 넓히는 가장 좋은 방안은 뭐다? 경험이다. 음식 유니버스에 대한 나의 갈망은 와인 행성에 무사히 착륙한 난새의 모습에 더욱 자극을 받아, 전국 팔도 특산물에 대한 관심으로까지 뻗쳐 나갔다. 언젠가 시간이 날 때마다 하나씩 격파해보자는 목표는, 그 '언젠가'는 결코 오지 않으니 마음먹은 지금 이 순간 바로 떠나야 한다는 구체적인 계획으로까지 발전했다. 시간은 날 때까지 기다리는 게 아니라 만들어야만 한다는 걸 우린 이미 알고 있다.
　또 하나. 유명한 지역 맛집 근처엔 으레 로또 명당이 보쌈에 곁들이는 무말랭이처럼 붙어 다닌다. 로또 명당의 원리는 실로 간단하다. 당첨자가 많이 배출되려면 그만큼 많이 팔려야 한다. 맛집 탐방에 진심인 대한민국 사람들은 맛만 좋다고 하면 첩첩

산중에서 간판도 없이 운영하는 식당도 어떻게든 찾아가지 않나? 맛집으로 인정만 받으면 손님의 유입이 끊이지 않을 거고, 근처에 있는 로또 판매점의 고객 또한 당연히 확보되는 데다가, 많이 팔린 만큼 당첨자가 배출될 확률 또한 높아진다. 자연의 순리다. Circle of Life(서클 오브 라이프)가 아니라 Circle of Lotto(서클 오브 로또)다. 다양한 음식도 경험하고 명당에서 로또를 구입해 당첨 확률도 높이고. 이것이 바로 일석이조. 누이 좋고 매부 좋고. 도랑 치고 가재 잡고. 월급 받고 명절 보너스 받고. 쓰레기 버리러 나갔다가 문 앞에 있던 택배도 가져오고. 뭐 그런 거지.

가장 좋아하는 음식이 산낙지, 죽기 전 마지막으로 무언가를 먹을 기회가 주어진다면 일말의 망설임 없이 낙지 탕탕이를 꼽는 나니까, '전국 팔도 특산물 도장 깨기 목록'에서 가장 먼저 선택한 곳이 목포인 건 당연한 일이었다. 세발낙지로 유명한, 내 마음의 고향 목포! 한 번도 가본 적 없지만 낙지가 유명하다는 이유 하나만으로 고향이 될 자격은 충분한 전남 목포! 난새야 짐 싸라. 목포에 낙지 먹으러 가자.

하지만 목포에 도착해서 가장 처음 먹은 음식은 게장 비빔밥이었다. 고향이 목포인 지인에게 사전 조사를 실시한 결과, 목포까지 가서 이 식당에 가지 않으면 후회할 거란 당부를 들었기 때문이다. 난 간장게장은 싫어하고 양념게장은 참 좋아하는데 미디어에 나오는 게장 맛집은 대부분 간장게장을 취급하는 곳이고, 양념게장은 메인 요리가 아닌 반찬으로 치부되는 일이 많아 30년간 아쉬워하며 살았다(과장을 조금 보탰다). 추천받은 식당은 양념게장 전문이긴 했는데, 특이하게도 게살을 모두 발라 양념에 비벼 나와서 게를 들고 쪽쪽거리며 빨아먹을 일이 없었다. 데이트 상대와 방문해도 체통을 지키며 먹을 수 있는 곳. 도착하자마자 보이는 아찔한 규모의 웨이팅 인파가 진정한 맛집임을 보증해주었다.

손질된 게살에 밥만 비벼 먹으면 되는 형식이라

회전율이 생각보다 빨랐고 금방 입장할 수 있었다 (맛집에서 40분이면 빨리 입장한 거 맞죠?). 우리는 꽃게 살과 꽃게탕을 함께 시켰는데 탕에 빠진 꽃게의 튼 실한 모습을 보고 군침을 꼴깍 삼켰다. 몽땅 손질된 채 양념에 잘 비벼져 나온 꽃게살 위엔 통깨가 톡톡 올라가 더욱 먹음직스럽게 보였다. 빨갛기만 한 양념이지만 얼마나 많은 재료가 들어갔는지는 사장님 말고는 알 수 없겠지. 색깔만으로 구성물을 맞추기엔 한계가 있으니 재료를 유추하는 건 여기서 그만하고 일단 즐기자.

대접에 담겨 나온 흰 밥 위에 꽃게살을 숟가락째 푹 떠서 넣고, 아삭한 식감을 위해 반찬으로 나온 콩나물도 넣는다. 잘 비벼지라고 꽃게탕도 다섯 숟갈 정도 첨가한 뒤 신나게 비비면 꽃게살 비빔밥 완성! 한 숟갈 가득 떠서 와앙- 입으로 넣어도 되고, 테이블 위에 올려진 김에 야무지게 싸서 먹어도 좋다. 비벼진 꽃게살은 양념과 혼연일체를 이루어 입안에서 둘만의 재즈 댄스를 추었고, 거기에

섞인 밥은 본연의 임무를 완벽하게 마치고 귀환하는 요원처럼 믿음직스러웠다. 너무 맛있다! 난새와 나는 눈을 크게 뜨고 감탄했다. 무엇보다 '손질되어 나오는 게장'이 주는 편리함이 어마무시하여 끝도 없이 들어갈 것만 같은 맛이었다. 이런 식당을 알려준 언니에게 무한한 감사를 올렸다. 언니가 있는 방향으로는 잠도 자지 않겠어요.

꽃게탕도 어찌나 얼큰하고 알이 실한지, 내가 술집을 차린다면 안주는 오로지 이 집의 꽃게탕 하나만으로도 테이블당 소주와 맥주 포함 기본으로 한 짝씩은 팔 수 있을 것 같았다. 사장님, 저랑 동업하실 생각 있으신가요? 네? 여기로도 충분히 장사가 잘된다고요?

더 이상 들어갈 곳이 없을 만큼 먹었다고 생각한 꽃게살과 꽃게탕이 사라지고 허기가 들이닥치기까지는 네 시간밖에 걸리지 않았다. 과연 목구멍이 포도청이라더니, 그 많은 음식물이 도대체 어디 갔단 말인가. 어명을 받들어 멀리 사라지기라도 했

나. 내심 다행이었다. 저녁은 좀 가볍게 먹어야 하지 않을까 싶은 고민은 하지 않아도 됐으니까. 죄책감 없이 낙지 맛집을 찾아 나섰다.

목포에는 아예 '낙지 거리'라 명명된 곳이 있어 식당을 고르는 일이 어렵진 않았다. 인파를 뚫고 들어간 식당의 모든 손님은 한국인이었고 사장님을 제외한 모든 직원은 외국인이었다. 낙지 호롱이 뭔지 묻는 내게, 직원은 더듬거리며 설명하다 말이 잘 나오지 않자 손가락으로 옆 테이블을 가리켰다. 그 끝을 좇아 시선을 옮기니 긴 나무젓가락에 낙지를 통째로 둘둘 감아 구워놓은 게 보였다. 여덟 개의 낙지 다리가 젓가락에 빡빡하게도 감겨 있어 사냥에 나선 들개처럼 맹렬히 뜯어야만 먹을 수 있는 요리. 치아가 부실해지기 전에 낙지를 먹으러 나선 게 다행이구나. 생선을 그렇게 좋아했는데, 임플란트를 열두 개나 하고 난 뒤론 아주 부드러운 생선 가시조차 씹어 삼키지 못해 생선구이 자체를 먹지 못하게 되었다던 직장 상사의 푸념이 생각났다.

지금에야 이것이 낙지 호롱으로 불리는 하나의

요리지만 최초로 개발했을 땐 어떤 모습이었을까? 하나도 둘도 아니고 다리가 여덟 개나 되는 낙지를 잡아, 굳이 그 많은 다리를 나무젓가락처럼 긴 막대기에 둘둘 만 다음 구워 먹을 생각은 누가 제일 먼저 한 거냐고? 같은 의문이 드는 음식은 이외에도 많다. 수육의 찰떡궁합이 김치임을 알아낸 사람은 누구인가? 전용 냄비까지 만들어가며 불고기 전골을 만들 생각을 한 사람은? 외국에서 유래되었다고는 하지만, 하고 많은 나무 중에 굳이 편백나무를 골라 사각형으로 자르고 층을 쌓은 뒤 가장 아래층엔 물을 끓여 올라오는 증기로 위층에 쌓은 재료를 쪄먹을 생각은? 이렇게 부지런하고도 첨예한 생각을 누가 할 수 있단 말인가? 도대체?

까딱하면 죽을 수도 있는 강력한 독을 가진 복어로 갖가지 요리를 해 먹는 걸 볼 때도 마찬가지다. 최초로 먹어 본 사람이 있으니 요리 재료로 사용하기 시작했을 텐데, 트위터가 있어서 '와 이 생선 뭔지 모르겠지만 존맛인데?'라는 트윗을 써서 정보를 전파했던 시절도 아니고. 만약 그랬다면, 최초의 트윗 작성자는 복어의 독을 제대로 제거하지 않은 탓에 다음 트윗을 쓰지 못했을지도 모른다. 한국 밥상에 오르지 않는 모든 풀은 독초(심지어 고사리 같은 진짜 독초를 먹기도 하니까)라는 말이 있을 만큼 요리 재료를 발굴하는 데 진심인 나라에서 만든 요리는 참 신기하다.

다리가 세 개라서 세발낙지가 아니라 발이 가늘어 '가늘 세細'자를 사용해 이름 붙였다는 세발낙지. 난새와 나는 산낙지 탕탕이와 낙지호롱, 낙지 연포탕을 주문했다. 가게 벽면에는 맛집이 대부분 그렇듯, 판매하는 음식 재료의 어원과 효능을 적은 오래된 설명문이 붙어 있었다. 그걸 읽고 있자니 주문한 메뉴만 다 먹어도 불로장생할 것 같은 기분에 휩싸였다. 우리나라 10대부터 30대까지의 사망 원인 1위는 자살이라는데, 낙지가 자살 예방에도 효능이 있을지는 미지수지만 오늘 하루만큼은 낙지의 늪에 빠져보자. 점심엔 양념게장의 늪, 저녁엔 낙지의 늪. 우울함이 싹 가시는 기분이었다. 과연 효능이 있구나.

낙지 호롱에 사용된 세발낙지는 이름 뜻대로 다리가 얇아서 그런지, 뜯어 먹는 도중에 뜯긴 다리가 자꾸만 이에 끼었다. 다리가 감긴 젓가락을 들고 먹어야 해서 양 입가엔 양념이 필연적으로 묻었다. 정말 편한 사이 아니면 마주 보고 먹기는 힘들다는 총평을 해본다. 맛은 있었지만 먹는 수고로움이 굉장히 커서 맛이 반감되는 기분. 어쩌면 점심에 극도의 편리함을 주는 메뉴를 먹어서 더 비교됐는지도 모르지만.

낙지 연포탕은 3년 전 마신 폭탄주까지 싹 내려가게 만드는 시원함을 주었다. 안 되겠다. 계획 변경이다. 내가 술집을 차린다면 안주는 꽃게탕과 낙지 연포탕, 단 두 개로 론칭하리. 테이블당 소주와 맥주 포함 기본 두 짝씩은 팔 수 있을 것 같은데. 여기 사장님에게도 동업을 제안해보고 싶었다. 거, 수익은 확실히 보장된다니까요. 네? 이 가게로도 충분하다고요?

낙지 거리 근방에 있는 로또 판매점에서 자동으로 5천 원어치를 구매한 뒤 평화 광장에 갔다. 음악에 맞춰 물줄기가 이리저리 춤을 추듯 움직이는 분수 주위엔 광장을 즐기는 사람들이 적당히 배치되어 있었다. 한산한 듯 북적거리는 분위기를 사랑하지 않을 도리가 없다.

난새와 나는 전기 바이크를 한 시간 동안 대여한 뒤 광장을 누볐다. 서로 얼굴이 마주칠 때마다 같은 번호를 발견한 버스 기사처럼 손을 올리거나 고개를 까딱하는 퍼포먼스도 잊지 않고. 좋아하는 낙지와 게장으로 가득 찬 배, 가까운 친구와의 나들이, 산들산들 부는 바람, 찰랑찰랑 움직이는 분수가 내는 소리, 귀를 적시는 음악, 여분의 케이크를 향한 주머니 속 두근대는 5천 원짜리 꿈. 조각들의 합계는 행복. 의심할 여지없는 행복.

바로 이날, 로또에 관한 책을 써봐야겠다고 결심했다. 전국 로또 명당을 찾아간다는 빌미로 팔도의 음식을 탐하며 행복의 조각을 주우러 다니는 여정. 그 유쾌한 여행기를 다른 누구도 아닌 내가 꼭 써봐야겠다고 참 오래전에 생각했었는데. 이번 주도 당첨이 아니면 어떠냐. 로또의 신에 대한 원망만 한 단계 더 적립할 뿐이지. 당첨과는 별개로, 목포라는 지명을 보았을 때 떠올릴 수 있는 낙지 호롱향 추억이 남을 테니까. 세발낙지에 대한 얕은 지식도 얻었다. 짐짓 점잖은 척하며 세발낙지가 왜 세발인지 아세요? 많고 많은 낙지 중 하필 전남 목포의 세발낙지가 유명한 이유는요? 헛기침을 하며 5분 정도 떠들 수 있는 이야깃주머니가 생겼다. 주머니가 모여 보따리가 될 때까지, 나의 유랑은 멈추지 않으리.

곰탕의 원조를 찾아 나주에 간 적도 있다. 지극히 주관적인 기준에서 곰탕은 국물 맛은 피차일반이고 오로지 겉절이와 김치 맛으로 승부하는, 메인보다 반찬이 더 중요한 그런 음식이었다. 자극적이고 매운 얼큰이 국밥에 익숙해져 그렇지, 원조를 먹어보면 좀 다르지 않을까? 원조를 맛보기 전까지 그 음식에 대한 짧은 경험만으로 판단하기엔 무리가 있다는 생각에, 나주로 향했다. 목포의 낙지 거리와 마찬가지로 나주에도 곰탕 거리가 형성되어 있어 식당을 고르는 게 어렵지 않았다. 4대를 거쳐 100년 넘게 운영 중이라는 현수막에 이끌려 들어간 곳엔 이미 손님들로 바글바글했다.

한입 먹고 든 생각. 이럴 수가 있을까? 기차역 안에 있는 곰탕집의 맛과 100년 넘게 운영 중인 곰탕집의 맛이 다르지 않다니. 100년 사이 전국에 퍼진 곰탕의 수준이 상향평준화 된 걸까? 어쩌면 경상도의 진한 양념에 익숙해진 미각의 비위를 맞추기에, 슴슴한 곰탕은 적합한 음식이 아니었는지도 모르겠다. 고개를 갸우뚱하며 테이블 위에 비치된 양념과 조미료를 가미해보았지만 맛의 총합이 크게 달라지진 않았다. 뭐지? 이 공허한 기분은? 계산을 하고 돌아설 때까지 아쉬움이 사라지지 않아 곰탕 2인분을 포장 주문했다.

곰탕집 근처에는 호남 최다 로또 1등 배출점이 있었다. 2021년 12월 29일 기준 1등 10회, 2등 25회라는 당첨 이력을 뽐내던 곳. 평일 점심 시간

대였지만 저마다의 꿈을 안고 방문하는 손님이 많았다. 곰탕집보다 더 많은 것 같던 판매점 내부 인파. 한 손에 5천 원짜리 꿈을, 다른 한 손에 부모님과 나눠 먹을 곰탕을 들고 귀가하는 길. 마음이 국물처럼 뜨끈해졌다.

가게에서 먹었을 땐 무난하기만 했던 곰탕이 집에서 부모님과 함께 먹으니 맛이 배가 되었다. 뭐지, 이건? 인간은 정녕 사회적 동물일 수밖에 없나? 아무렴 산해진미라도 같이 먹어야 비로소 진짜 맛있어지는 거야, 뭐야? 나주에서 산 로또는 낙첨으로 끝났지만, 곰탕은 도전해볼 만한 가치가 있던 경험이었다. 호남 최대 당첨점의 이력을 한 줄 더 추가해줄 작정이었거늘. 젠장.

강원도에서 나고 자란 친구 줍줍이는 닭갈비의 참맛을 느끼게 해주겠다는 책임감 하나로 나를 춘천까지 초대했다. 처음 가본 춘천 시내는 대학생들로 활기가 넘쳤는데, 이들 중 그 누구도 강원도 사투리를 쓰지 않았다. 여기서 말하는 강원도 사투리란 배우 강혜정이 영화 <웰컴 투 동막골>에서 쓰던 억양을 뜻한다. 경상도가 고향인 나는 강원도가 고향인 사람과 친해진 게 줍줍이가 처음이었고, 그 전까지 미디어로만 강원도를 접했으며, 미디어 속 강원도 사람들은 "그랬드래요?" 같은 말투를 사용하는 데다가, 감자를 캐 먹는 이미지였던 것이다. 이렇게 첨예한 지방 혐오가 있을 수 있다니. 나 역시도 지방 사람이거늘. 창원에도 러쉬 매장이 있냐고 묻던 서울 사람의 얼굴이 떠올랐다. 살면서 너무 많은 말을 했다는 생각이 들었다. 수준 낮은 나의 질문에 줍줍이는, 어르신들 말고는 그런 사투리를 쓰는 사람은 거의 없다고 친절히 설명해주었다.

줍줍이를 알기 전까지의 난, 닭갈비라고는 프랜차이즈 닭갈비 전문점 '유가네'에서 먹어본 게 전부였다. 언어로 비유했을 때, 유가네 닭갈비가 나에겐 모국어인 셈이다. 줍줍이가 현지인 맛집이라고 양 엄지를 치켜올리며 데려간 곳의 닭갈비는 비주얼부터 내가 알던 닭갈비(그러니까 유가네 메뉴)와는 한참 달랐다. 고깃덩어리가 저렇게 크다니. 아니, 볶음밥 없이 닭갈비만 덩그러니 나온다고? 밑반찬에 김칫국물이 없어?

　고기만큼이나 큼직한 양배추와 함께 시원시원하게 볶아지는 '강원도 토박이가 추천한 현지 맛집'의 닭갈비는 현란한 수식어가 민망할 정도로 입에 맞지 않았다. 그렇다. 나는 이미 유가네 닭갈비에 입맛이 길들여진 충성스런 고객이었던 것이다. 지금 당장 김칫국물 좀 달라고 테이블을 쾅쾅 두드리고만 싶었다. 현지에서 먹는 원조의 맛이 어떠냐며 눈동자를 빛내는 줍줍이에게 해줄 말이 없었다. 미안하다, 줍줍아. 나는 이미 유가네 닭갈비의 노예야. 세뇌가 이렇게 무섭단다.

　더 놀라운 건, 줍줍이는 유가네 닭갈비라는 프랜차이즈의 존재 자체를 모르고 살아왔다는 점이다. 검색해보니 2022년 10월 기준으로, 전국에 220여 개의 지점을 보유한 유가네 닭갈비는 강원도 전체에선 단 두 곳뿐이었다. 강원도 홍천에 스타벅스와 서브웨이가 없다는 이야기를 들었을 때만큼이나 충격적인 현실(스타벅스는 곧 생길 것 같다며 줍줍이가 희망을 내비쳤다)! 이런 서울 공화국 같으니라고! 하긴. 닭갈비의 고장에서 닭갈비 프랜차이즈가 활개를 치는 것도 쉽진 않겠다. 기똥찬 현지 가게가 얼마나 많겠어.

줍줍이는 유가네가 아닌 닭갈비를 즐기지 못하는 나를 진심으로 안타까워했다. 가짜에 길들여져(줍줍이는 유가네를 '가짜'라고 표현했다. 강원도민의 닭갈비 부심이 드러나는 대목이다) 진짜를 즐기지 못하는 언니가 불쌍하다는, 인신공격까지 살짝 가미된 푸념을 늘어놓으면서. 언니는 나를 조금 더 일찍 만났어야 해! 펭귄처럼 꽥꽥대는 줍줍이가 귀여웠다. 나도 안타깝다, 줍줍아. 조금 일찍 로또에 당첨되었다면 전국을 다니며 취향을 넓힐 수 있었을 텐데. 모든 건 낙첨된 로또 탓이야. 유가네 탓이 아니고. 암만, 로또 탓이고말고.

줍줍이와 나는 다음 날 강릉으로 갔다. 강릉에 왔으니 초당순두부는 당연히 먹어줘야 하는 법. 원도 법전 14장 31절쯤에 특정 지역을 방문할 경우 그 지역에서 가장 유명한 음식을 먹어봐야 한다고 명시해놓았다. 제일 유명하다는 초당순두부 가게를 목적지로 설정했더니, 현재 165대의 차가 같은 곳으로 가고 있다는 무시무시한 내비게이션 안내 문구가 떴다. 165대? 하하하. 말도 안 돼. 집계 오류가 분명하다며 줍줍이와 함께 웃어넘겼으나, 현장에 도착하자마자 결코 오류가 아님을 알 수 있었다. 내비게이션의 경고는 사실이었다. 지금 입장하려면 두 시간은 기다려야 한다는 주차 안내원의 말에 기함하며 핸들을 돌렸다. 바로 옆 가게에 갔더니 거기도 두 시간을 기다려야 한다는 답변. 유명세는 고사하고 이름을 한번쯤은 들어봤다 싶은 가게는 모조리 두 시간을 기다려야 했다.

두 시간이면 두부를 만들고도 남겠다는 생각에 (실제로 수제 두부 가게에서 일한 경력 있음), 일대에서 유일하게 대기 손님이 없어 보이는 가게로 갔다. 이렇게 많은 인파가 몰려 있는데도 대기 손님이 없다는 사실이 가게에 대한 의심을 키웠지만 막상 먹어보니 맛이 아주 훌륭했다. 일반 순두부가 심심하다면 짬뽕 순두부를 드셔보세요. 역시 한국인이라면 위에 구멍날 것 같은 강렬함이 빠지면 섭하죠! 제 말은 귀 기울여 듣지 마세요. 위궤양과 만성 위염을 달고 사니까요. 하하하(입가를 파르르 떨며).

입가심으로 초당순두부 젤라토까지 맛별로 먹고 나니 행복이 별게 아니었다. 아니, 별거다. 강릉까지 와서 초당순두부에 젤라토를 사먹을 만큼의 여유가 있어야만 느껴지는 야속한 감정. 별거인 듯 별거 아닌 별거 같은 너.

로또 판매점을 찾아 나서는 내게, 줍줍이는 한 번도 로또를 사본 적 없다고 했다. 이참에 너도 한 번 사보라는 종용에 줍줍이는 지갑에서 꼬깃하게 접힌 천 원짜리 한 장을 꺼냈다.

"나 로또 되면 진짜 사고 싶은 거 있어."

"뭔데?"

"안마 의자."

그러나 강릉에서 산 로또는 줍줍이의 안마 의자를 마련해주지 못했다. 둘 다 나란히 낙첨. 내가 지금까지 로또에 쓴 돈을 합치면 줍줍이에게 신형 안마 의자 하나쯤은 사줄 수 있을 것 같았지만, 굳이 입 밖으로 꺼내진 않았다. 혼자 씁쓸함만 느끼고 말았다.

경남 의령은 메밀 소바가 유명하다. 왜 유명한지는 잘 모른다. 강원도 봉평처럼 '이효석 문화마을 메밀꽃' 관광지가 있지도 않은데 말이다. '의령 소바'라는 상호를 가진 식당이 워낙 유명해서 하나의 특산물처럼 자리잡은 게 아닌가 싶다. 의령은 삼성가를 일군 고故 이병철의 고향이자 그의 생가가 있는 곳으로 더 유명한데, 삼성가의 부자 기운을 받기 위해 지금도 많은 관광객이 방문한다. 코로나 이전에는 중국인 관광객들이 어찌나 많이 왔다 갔는지, 만지면서 소원을 비는 돌의 글자가 지워질 만큼 반질반질해졌다는 소식을 들었다.

의령 소바 본점은 작은 시장 안에 있는데, 주위에 비슷한 메밀 소바집이 많다. 특이한 점은, 소바집마다 각자의 특색이 있어 같은 소바 메뉴라도 맛이 제각각이란 거다. 이 시장에 해박한 어느 주민은 칼칼한 국물이 먹고 싶을 땐 어디 가게를 가고, 양을 많이 먹고 싶을 땐 어디를 가는 식으로 취사선택하는 모습도 보았다.

의령 소바의 본점도 가보고 체인점도 가본 결과, 여기서 진짜 맛있는 메뉴는 소고기국밥이라는 걸 알아냈다. 육수의 기본 베이스가 뭔지는 모르나 소고기국밥 전문집보다 국물이 깊고 진했다. 거기에 순후추를 톡톡 넣어 먹으면 아주 그만이다. 치즈돈가스도 맛있어서 소바집인데도 불구하고 돈가스와 국밥을 더 자주 먹었던 기억이 난다.

의령은 망개떡으로도 유명한데, 찹쌀로 빚은 떡을 망개나뭇잎으로 싼 형태다. 망개나뭇잎은 벗겨내고 떡만 먹으면 되는데 떡에 망개나뭇잎의 향이 촤르르 배어 있어, 한 입만 깨물어도 숲 속을 거니는 기분이 들게 한다. 떡을 좋아하는 편이 아닌데, 의령의 망개떡만큼은 자주 생각날 만큼 군침 도는 메뉴다. 귤을 먹을수록 껍질이 쌓이듯, 망개떡을 먹을수록 쌓여가는 망개나뭇잎을 보는 재미도 있으니 소바를 먹으러 의령에 방문한다면 망개떡도

같이 사서 먹어보길 추천! 소바 자체는 냉소바보다는 칼칼하면서도 간드러지는 국물을 오롯이 느낄 수 있는 온소바를 더 권하고 싶다. 물론 지극히 나의 입맛을 기준으로 쓰는 글이라는 점을 다시 한 번 말씀드리며.

콩나물국밥의 원조를 맛보기 위해 전주에 간 날도 있었는데, 콩나물국밥보다는 먹태 얘기를 써보려 한다. 정말 우연히도 세상에서 제일 먹태를 잘 굽는(매우 주관적인 기준에서) 가맥집을 발견한 곳. 난새와 나는 아직도 그 먹태맛을 잊지 못해, 전주국제영화제 관람을 빙자한 먹태 투어를 떠나곤 한다.

'가맥'이란 '가게 맥주'의 줄임말로 술집이 아닌 가게에서 술을 파는 걸 뜻한다. 이는 전주의 독특한 음주 문화로서, 매년 여름이면 가맥 축제도 열린다. 2박 3일 일정으로 떠난 전주에서의 첫날 밤. 난새와 나 모두 초행길이라 괜찮은 술집이 있는지 검색했고, 그 가맥집이 1순위로 나왔으며, 숙소와 멀지 않아 방문했을 뿐이다. 오래된 슈퍼의 형상을 한 외관을 보며 큰 기대를 품지 않았는데, 먹태의 신을 몰라뵙고 경솔하게도 굴었다.

과장을 보태지 않고 정말 눈물로 채운 잔에 맥주를 끊임없이 부어 마셨다. 너무 맛있어서! 사장님은 아무 표정 없이 연탄 앞에 자리를 잡고 앉은 뒤 먹태를 구울 뿐이고, 맥주는 손님이 직접 가져다 먹어야 했다. 먹태로는 부족한 술상이라 생각된다면 계란말이를 시키면 된다. 계란말이가 느끼하게 느껴질 때쯤, 셀프 코너에 있는 청양고추를 가져다 소스와 섞어 먹으면 먹태 레이스를 새롭게 시작할 수 있는 기분이 든다. 일반 술집에 비해 맥주의 가격이 몹시 저렴해서 부담없이 취할 수 있다. 요즘 같은 고물가 시대에 아주 귀한 가게다. 전주의 먹태를 만난 이후, 매년 단풍놀이는 가지 않더라도 먹태 투어는 빼먹지 않고 하는 연례행사가 되었다. 건강하게 살아야만 하는 이유가 늘어난다.

먹태에 감동한 마음을 붙잡은 뒤 우린 한옥 마을에 갔다. 한복을 빌려 입자는 앙큼한 계획을 세웠을 때까지만 해도 즐거웠는데. 예뻐서 고른 무관의 옷이었지만 당시의 무사는 갓을 쓰지 못하고 머리띠를 둘러야만 했다는 역사적 지식까지는 없었던 죄로, 한옥 마을에서 유일하게 머리띠를 두르고 활보하는 사람이 된 이후엔 급격히 피곤해졌다. 선비 복장을 갖춰 입었음에도 평소 행실과 풍기는 느낌으로 인해, 뇌물이나 탐하고 허구헌 날 기생집을 드나드는 탐관오리같던 난새도 피곤해보이긴 마찬가지였다.

놀랍도록 빠른 시간 내에 지쳐버린 우리는 충동적으로 사주를 보러 갔다. 모 예능에 출연했다는 현수막이 붙은 곳은 이미 대기 손님이 많아, 그냥 현재 위치에서 제일 가까운 곳으로 들어갔다. 흰머리를 멋지게 올린 중년의 여사님은 꼬막처럼 입을 옹졸하게 다문 나를 쳐다보지도 않고 알아보기 힘든 글자를 공책에 휘갈겨 적더니 볼펜으로 글자를 콕콕 찌르며 말했다.

"자네 인생에 절대 없는 게 두 개 있어."

"뭔데요?"

여사님은 걸걸한 목소리로 여분의 케이크를 향한 꿈에 철퇴를 내려버렸다.

"로또랑 부동산. 자네 인생에 공짜는 절대 없을 거야."

"정말요?"

"그럼. 사주에 딱 나와. 공짜는 없는 팔자라고."

여사님은 내가 로또에 대한 책을 쓰고 있다는 걸 알고 계실까? 아이패드에 저장된 원고는 세상의 빛을 볼 수 있으려나?

"그런데 이게 나쁜 사주는 아니야."

"목돈 들어올 구석이 없다는 거 아니에요?"

"아니지!"

쯧, 하며 혀를 찬 여사님은 하나도 제대로 모르고 둘은 아예 모른다는 표정으로 나를 쳐다보았다.

"공짜는 없어. 그건 확실해. 하지만 정직하게 두 손으로 벌어 먹고살 수 있는 팔자야."

"그러니까 그게 나쁜 사주가 아니라는 게…"

"노력한 만큼 보상이 올 거라고, 자네한테는. 노력하기만 하면, 뭐든 결과물은 있을 거야. 보니까 큰돈은 못 벌지만 재물이 끊이지도 않거든?"

인생에 공짜는 없다는 점에서 안 좋게 느껴질 수도 있지만, 뿌린 대로 거둘 수 있고 일한 만큼 굶지는 않게 먹고 살 수 있으니 열심히만 산다면(여기가 포인트다) 오히려 좋은 사주라고 했다. 급하게 좋은 말로 마무리하는 감이 없지 않았지만 좋은 말만 믿어야지. 여사님은 부탁하지 않았던 난새와 나의 궁합까지 봐주셨다. 아주 좋은 궁합이고 속궁합도 잘 맞을 거란다. 할리우드 세계관이 아니라서 차마 속궁합까지 시험해볼 수 없는 우리는 머쓱하게 웃었다.

공짜는 없다는 나의 사주팔자. 로또에 대한 이 책은 공짜로 볼 수 있을까? 아니다. 내가 시간을 투자해 머리를 쥐어뜯으며 짜낸 글로 엮은 노동의 결과물이다. 자신감과 자존감이 낮은 나를 탈고할 때까지 끌고 가야 하는 편집자님의 노고는 또 어떻고? 뿌린 대로 거둔다고 했으니 피, 땀, 눈물로 구슬린 이 책을 세상에 내놓는다면 투자한 노력만큼의 성과는 보장되겠지? 과연! 그런 뜻이군! 무릎을 탁 쳤다. 대박까지 터트리진 못해도 오래도록 서점에 남아 자리를 채우리라. 서점계의 공무원이 되리라. 우하하!

　숙소로 돌아가는 길에 로또 판매점이 보였다. 여사님에게 들은 나의 사주를 시험해보기로 결심하고, 로또 5천 원어치를 두 장 산 뒤 난새에게 한 장을 고르라고 했다. 미리 언급하자면, 이 에피소드는 문학적 허용이 아니라 명명백백한 사실이다. 로또 번호 추첨 날, 난새에게 메시지가 왔다. 자신이 가져간 로또가 5만 원에 당첨되었다고 했다. 나의 것은 두 번 살필 필요도 없는 완벽한 낙첨. 네 사주에 정말 로또는 없는 모양이라고, 여사님은 알고 보면 무당일지도 모른다며 난새는 방방 뛰었다. 친구의 당첨을 진심으로 축하해주지 못하는 비루한 마음만 확인했으니 슬프지 아니한가. 이 슬픔, 먹태로밖에 달래지 못할 것이야.

　특산물 맛집 찾기를 빙자한 전국 로또 명당 방문

기는 앞으로도 계속될 것이다. 나의 사주가 어쨌든 괘념치 않겠어. 이번 주도 당첨은 아니지만 포기하지도 않을래. 로또를 사러 유랑을 떠나는 것도 나의 노력이니까. 노력한 만큼 거두는 사주니까. 나의 운이 나를 이끌어 주리라.

자동차로 꽉 막힌, 그야말로 옴짝달싹할 수 없는
도로. 속도를 내며 직진하기에도, 선택이 잘못됐음
을 깨닫고 되돌아가기에도 쉽지 않은 정체의 한가
운데에서 열선 옵션이 없는 경찰차 핸들을 붙잡으
며 생각했다. 이런 서른을 맞으려고 29년을 버텼
구나.

최승자 시인은 시 <삼십 세>에서 이렇게 살 수
도 없고 이렇게 죽을 수도 없을 때 서른 살은 온다
고 썼다. 그 서른 살에, 나는 서울로 왔다. 다시는
내려가지 않을 작정으로.
    나이 앞자리가 바뀌는 경험은 10년 만이지만 그

렇다고 특별한 이벤트는 아니었다. 서른 살의 나와 스물아홉 살의 나는 다르지 않다. 그저 스물아홉 살의 나보다 위 건강과 관절이 조금 더 안 좋아진 나일 뿐. 서른이 되었다고 통장 잔고가 비약적으로 증가하지도 않았고 회사에서의 입지도 미미하기는 마찬가지이며, 시큰둥한 기분도 한결같았다.

고등학교 때 무섭기로 유명한 선생님이 있었는데, 수능이 얼마 남지 않은 수업 시간 때 이런 이야기를 들려주셨던 기억이 난다.

"대학 가면 다 새로울 것 같지? 물론 해본 적 없는 일이니 새롭긴 해. 그런데 새로운 걸 하기 위해 많은 감정을 요하지는 않더라고. 첫 키스할 때는 정말 귀에서 종소리가 울릴 줄 알았다? 드라마에 흔히 나오잖아. 눈앞에 별이 떨어지고 뭐 그런 장면. 그런데 그냥… 첫 키스일 뿐이었어. 내가 지금 키스를 하고 있구나. 딱 그 정도. 섹스도 마찬가지야. 이게 남자와의 섹스구나. 거기서 끝. 화려할 것도 휘황찬란할 것도 없이."

선생님이자 여성으로서 인생을 조금 더 산 선배

님의 말은 사실이었다. 미디어에서 과장되게 표현하는 처음을 실제로 맞닥뜨리는 순간은 그저, 그랬다. 도전이 더 이상 삶을 두근거리게 해주지 않는 걸 알아챈 순간 일상이 급속도로 지루해졌다.

그때부터 서울행을 갈망했다. 이렇게 지루한 삶이라면 차라리 서울에서 사는 게 어떨까? 거긴 모든 게 있잖아. 인프라, 직장, 어쩌면 내가 아직까지 만나지 못한 사랑까지도. 한국에서의 일상을 뉴욕에서 똑같이 지내는 것만으로도 설레는 간사한 마음을 가진 나니까. 경남에서의 일상을 서울에서 보내는 것만으로도 삶을 조금 더 살아보고 싶어질 것만 같았다. 당장 뉴욕에서 살 수 없다면 서울에서라도 살아보자. 우리나라는 서울 공화국이니까 서울은 달라도 뭐가 다를 거야.

떠나기로 마음먹은 순간 지루하긴 했어도 그럭저럭 괜찮던 일상은 참을 수 없는 고통으로 바뀌었다. 난 어차피 여길 떠날 건데. 이 한 줄이 모든 행동 앞에 붙음으로써 아무것도 하고 싶지 않아졌달까. 졸

업식을 앞두고 의무적인 출석 시간을 채우기 위해 철 지난 영화를 끝없이 감상하던 고등학생처럼, 눈 앞에 펼쳐지는 장면이 진부하고 의미 없게만 보였다. 영화와 달리 삶은 되감기나 다시 재생이 되지 않는 것인데도. 더 겁이 많아지기 전에, 떠날 수 없는 이유가 더 늘어나기 전에, 하루라도 더 젊을 때 고향을 떠나 서울에서 자리잡고 싶은 마음만 앞섰다.

그런 의미에서 서른은 좋은 핑곗거리였다. 서울행을 결심한 뒤 본격적인 준비를 시작하면서부터 왜 굳이 같은 돈 받고 일은 더 많은 서울로 가려 하냐는 질문에 숱하게 시달렸다. 그럴 때마다 내년에 제가 서른이라 늦기 전에 도전해보고 싶어서요, 하며 멋쩍게 머리를 긁적이면 상황은 비교적 손쉽게 종료되었다.

당도하기 전이었지만, 서른은 큰 의미가 없어 보였다. 그 시절 선생님의 말처럼 드라마에서 인생이 끝날 것처럼 구는 서른을 막상 맞이한다고 진짜로 인생이 끝날 리도 없었다. 우리나라는 초고령 사회에 진입한 나라다. 서른 이후에도 삶은 상상할 수 없을 만큼 길게 지속된다는 반증이다. 서울에서의 서른이라고 다를까. 더 즐겁기만을 바랄 뿐이지만.

　서울로 갈 거라고 선언한 때부터 엄마는 로또 구입에 더 열을 올리기 시작했다. 평소에도 빼먹지 않고 매주 5천 원씩 구입하던 엄마였지만, 나의 서울행이 결정된 이후론 구입 빈도를 높여가며 1등 당첨자가 나온 지역에 대한 분석도 진행했다. 그러고는 한 말이.

　"니 서울 가야긋다. 가는 게 맞겠다."

　"왜?"

　"봐라. 서울엔 매주 다섯 명씩 당첨자가 나오는데 경남은 경상도 전체에 1등이 안 나온 지 꽤 됐다. 땅의 기운이 다 떨어졌는갑다."

　로또교 신자인 엄마는 진지하게 분석을 이어가다가, 돌연 중학교 시절 이야기를 꺼냈다.

　"예전에 엄마 친구 중에 간질을 앓던 애가 있었거든. 지금이야 약으로 조절할 수 있지만 엄마 때만 해도 그런 게 어디 있었겠노. 발작 일어나면 일어나는 대로 쓰러졌제. 친구가 거품 물고 쓰러지면 내가 교복 차림으로 친구 옴마가 계신 밭으로 뛰어갔다 이가. 아줌마, 딸내미가 또 쓰러졌어요, 그러면 옴마가 밭일하던 복장 그대로 뛰어와. 학교에 도착한 옴마가 울면서 발작하는 친구 뺨을 계속 때리드라. 다른 애들은 멀쩡히 잘만 학교 다니는데 니만 와 이라노 카믄서…"

"그래서 우찌 됐는데."

"우찌 되기는. 친구는 결국 고등학교에 못 갔지. 내보고 어찌나 부러워하든지. 야야, 니는 참말로 좋겠다, 아부지가 딸내미 공부하라꼬 먼 곳으로 고등학교 유학까지 보내주고, 참말로 부럽다… 계속 그랬지."

그 시절 엄마는 고향에 괜찮은 고등학교가 없어 할아버지가 자취방까지 구해주며 먼 지역으로 학교를 보내줬던 드문 경우라고 했다.

"고등학교 들어가고 얼마 안 있어서 친구가 죽었다고 하드라. 그땐 뭐 자가용도 없고 대중교통도 없을 때라 장례식엔 가지도 못했지."

말을 잇는 엄마의 눈가는 어느새 촉촉해진 상태였다.

"그 친구는 미국에 가고 싶어 했어. 걔네 옴마한테 항상 미국에 보내달라고 했다 카대. 미국에는 자기 같은 사람을 낫게 해주는 약이 있다고. 근데 농사지어 먹고사는 시골집에서 미국까지 애를 우찌 보내겠노. 오 남매인가 그랬는데. 나도 가끔 생각하거든. 너거 오빠를 어릴 때부터 미국에 보냈으면 지금은 걸어 다닐랑가…"

엄마는 결심에 찬 눈으로 나를 향해 고개를 끄덕였다.

"잘 생각했다. 더 늦기 전에 한번 도전해봐라. 내년에 서른 아이가? 남들처럼 집이라도 하나 사주고 먼 타지에 보내면 덜 신경 쓰일 텐데. 느그 아부지랑 노력해서 월세라도 좀 보태줄 수 있으면 보내줄 테니까 너무 걱정마라. 니가 집이 없나, 부모가 없나. 영 아니다 싶으면 언제든지 내려오고. 서울만 사람 사는 곳이가. 여기도 똑같이 사람 사는 곳이다."

"알긋다."

"우리 막둥이 서울에 집 한 채 해주려면 로또를 더 자주 사야겠네. 꼭 한번 될 끼다. 기다려 봐라."

부모님과 함께 살았기 때문에 별스러운 물건이 없어 용달을 부를 만큼의 짐은 아니었지만, 그렇다고 캐리어 하나에 다 들어갈 만큼 단출하게 살지는 못했으므로 포장이 가능한 짐은 박스 여덟 개에 담아 미리 구해 놓은 서울 집에 택배로 보내고, 남은 잡동사니는 차에 차곡차곡 실었다. 차에 욱여넣는 게 짐이 아니라 지난 세월 같았다.

속이 시끄러울 때마다 손끝이 저리도록 조립했던 레고 완성품들은 단 하나도 가져오지 못했다. 용돈을 받으면 서점에 달려가 고심을 거듭하며 샀던 책들도 마찬가지였다. 서울에서 처음으로 구한 방에 고향집의 책까지 양껏 둘 공간은 없었기 때문이었다. '방'이 아닌 '집'을 구할 수 있을 때 꼭 데리러 오겠노라고, 빛바랜 책등을 쓰다듬며 작별 인사를 건넸다. 짐을 정리하면서 옷도 많이 버렸다. 언니가 한번만 입자고 해도 끝까지 주지 않고 바락 바락 잡고 있던 옷깃들이 누렇게 바랬다. 중학생 때 입던 후드티까지 갖고 있는 걸 보니 구질구질하게도 참 많은 걸 끌어안고 살았구나 싶었다.

다락방에 박아둔 박스를 꺼낼 때마다 나이테를 한 줄씩 확인하는 것만 같았다. 이 박스는 9년 전까지 애정했던 피규어들, 저 박스는 15년 전 썼던 미술 도구들. 물감은 돌처럼 굳어 마른 지 오래고, 맨 아래 디딤돌처럼 괴여 있는 박스는 초등학생 때 품에서 놓지 못했던 인형들… 성장기의 거추장스러운 흔적으로 전락해버린 모든 짐들에게 뒤늦은 인사를 건넸다.

안녕, 나의 오랜 벗들아. 너희가 있어 나는 더 외로웠고 덜 기뻤어. 너희를 끌어안고 애써 더 외로움을 좇아 다락방에 숨어들었어. 우린 케케묵은 순간을 꽤 많이 나누었지. 나는 이제 여길 떠나. 어디로 가든지, 안녕. 나의 오랜 외로움들아. 나를 정말 사랑했다면 이제는 나를 찾아오지 않기를. 자유와 행복이라는 포부를 안고 나아가는 나를 위해 기도 해주기를.

　마지막으로 염치없이 부탁 하나 하자면, 훌쩍 나이 들어버린 우리 부모님의 외로움까지는 부디 외면하지 말아 주기를. 다섯 명이 경상도식 찌지미처럼 지지고 볶으며 사는 가족이었다가 자식들이 모두 독립해 30년 만에 다시금 부부로 돌아가 버린 부모님의 외로움을 위해주기를. 나는 희망하고 소망했다. 눈물이 고인 게 비단 다락방을 떠다니던 먼지 때문만은 아니었다.

　상경하던 날에는 부모님이 배웅을 해주셨다. 정상회담에 참석한 각국의 정상처럼 어색하게 선 채로 엄마와는 포옹을, 아빠와는 악수를 나누었다. 운전대를 잡자 이윽고 고향을 떠난다는 사실이 실감났다. 사이드미러로 보이는 부모님의 모습은 점점 작아져만 갔다. 사는 동안 여기가 고향인 줄 몰랐는데 떠나기 위해 등을 돌려보니 알겠다. 여기가 진정 나의 고향이었구나. 미우나 고우나 나를 키운 도시. 변화가 없어서 지겹다고 했지만, 오히려 그렇기 때문에 추억을 추억으로 남기기에 더 용이했던 곳. 다시 돌아왔을 때도 변함없는 모습으로 나를 반겨줄 이곳은 그리운 나의 고향. 커피 하나를 사들고 고속도로에 올랐다. 떠날 결심을 하기까지 6년, 떠나오기까진 다섯 시간밖에 걸리지 않았다.

다산 정약용은 유배 생활을 하는 동안, 이 생활이 끝나면 한양에 집을 사주겠노라고 약속하는 편지를 아들에게 보냈다고 한다. 한양으로부터 10리 안에 기필코 아들을 살게 하겠다는 그의 다짐. 어떻게든 한양 근처에서라도 살아야 한다는, 200년이 지났지만 여전히 유효한 정약용의 당부를 받들고 나는 떠난다. 서울특별시로. 서른이 된 그해에.

서울에 도착하고 처음 든 생각은 사람이 너무 많다는 거였다. 진짜, 사람이 너무 많았다. 어딜 가든 어느 요일이든 인구 밀도가 빠질 줄 모르는 도시에서 적응하기란 쉬운 일이 아니었다. 식당의 경우 조금만 맛이 괜찮으면 대기 손님이 상상 초월이었다. 맛집은 엄두도 내지 못했다. 평일에도 네 시간씩 기다려 돼지갈비를 먹고 싶은 생각은 전혀 없는데. 식당을 미리 알아보고 예약하는 사전 행위를 외출할 때마다 반복해야 한다니. 식당 예약 앱도 처음 깔아봤다. 그런 게 있는 줄도 몰랐다. 영화 속 주인공처럼 무심히 거리를 거닐다 우연히 한적한 바를 발견하고는 스윽 들어가 자리를 잡는 일 같은 건 적어도 서울에선 불가능해보였다. 느낌 있는 인테리어에 어느 정도 맛이 보장되는 바에 그렇게 쉽게 입장하려면 평일 오후 네 시 정도가 적절한데, 나인 투 식스 직장인에겐 가당키나 한 일인가.

출퇴근 지하철엔 어찌나 사람이 많은지 숨을 쉬기도 힘들었다. 도로에서만 갇혀 있는 게 아니라 지하철 칸 내부에서도 옴짝달싹할 수 없이 갇힌 신세라니. 이 칸에 있는 사람들은 원래도 이렇게 다녔을 텐데, 굳이 나까지 상경해서 인구 밀도를 더 높인 것만 같아 죄책감까지 들었다. 그 인파 속에서 화장하는 분의 노련한 손길을 보았을 때의 충격이란!

사람과 차가 너무 많으니 거리는 반가움 대신 예민함이 지배했다. 서울 사람들은 옷깃만 스쳐도 나에게 불같이 짜증을 냈다. 인연은 인연인데, 그게 악연일 수도 있다니. 죄송하다고 허리를 숙여도 높은음의 탄식만 돌아왔다. 충분히 이른 시간임에도 사람들은 전속력으로 내달리고 있었다. 아침부터 도대체 어딜 그리 가시나요. 왜 이른 아침 지하철에 탄 모든 여자들의 머리끝은 젖어 있는지. 왜 지하철에서 뛰는 사람의 등은 모두 똑같이 생겼는지.

고향에서 살던 동네는 풍경도 변함없었지만 도시를 채우는 구성원에도 큰 변화가 없어서 시내만 나가면 아는 사람을 마주치기 일쑤였다. 하다못해 차를 가지고 나가도 내 차를 목격한 이가 꼭 한 명은 있었으니, 다음 날 출근했을 때 "어제 거기 지나가더라? 무슨 일로 갔어?" 같은 인사를 들을라치면 치가 떨렸다. 안면 있는 사람이 너무 많으니 무슨 행동을 하든 남의 시선을 고려하는 게 우선이었다. 아디다스 추리닝을 저편에 밀어버렸듯, 나 자신의 기분과 선호도는 가장 아래에 묻혀 고려 대상에 오르지도 않았다. 여태껏.

내가 원한 건 진정한 자유였다. 계절에 상관없이 옷을 입을 자유. 남들이 이상하게 생각하건 말건 해보고 싶었던 스타일링에 마음껏 도전해볼 자유. 이상한 자세로 길을 걸어 다닐 자유. 처음 보는 식당에 들어가 모르는 음식을 시킨 뒤 시간이 가는 줄도 모르고 천천히, 아주 천천히 음미할 자유. 카페에서 바리스타 코스를 주문해 에스프레소 잔을 연신 들이킬 자유. 남에게 피해를 주지 않는 한도 내에서는 얼마든지 나를 돌보고 기분을 좋게 만들기 위해 노력할 자유.

서울이면 가능할 줄 알았고, 실제로도 가능했다. 다만 이 자유라는 게 너무 높은 인구밀도에서 비롯된 부록이라는 건 미처 몰랐다. 사람이 너무 많으니까 남이사 뭘 하든 신경 쓸 겨를이 없었다. 지하철에서 만나는 특이한 부류의 사람들도 그저 환승 구간 동안의 눈요기일 뿐, 나와 관계를 나눌 수 있는 한 명의 사람이라는 생각까진 들지 않았다. 왜 그렇게들 조그만 일로 짜증을 분출하는지도 알 것 같았다. 어차피 그 사람의 눈에 나는 동등한 사람이라기보다는 갑갑한 풍경의 일부일 뿐이었던 거다. 다시 볼 일도 마주칠 일도 없는, 처음이자 마지막으로 지나치는 대상. 짜증을 내도 뒤탈 없는 완벽한 이별. 잃어가는 감정. 초면인 사람과 대화를 나누는 법을 잊어버린 듯한 사람들.

서울에서 함부로 웃으면 사기꾼이 달라붙고, 쉽게 울면 사이비가 붙는다고 엄마는 나에게 신신당부를 했다. 하지만 엄마. 서울은 사람이 너무 많아서 오히려 남한테 관심이 없어요. 걱정 안 해도 돼요. 내가 지금 당장 길에서 쓰러진다고 해도 한강은 여전히 흐를 거고 예정된 여의도 불꽃 축제도 아무런 차질 없이 개최될 거예요. 나의 안위에 따라 하루의 형태가 달라지는 건 엄마밖에 없어요.

자유를 만끽하느라 여념 없을 줄 알았던 서울 생활은 시작 직후부터 향수병이라는 복병을 맞이하며 꽤나 힘든 초반을 보냈다. 서울 음식이 입에 맞지 않아 밥 대신 술을 더 자주 먹었다. 술은 어디서든 똑같으니까 괜찮았다. 그러나 술집에서 맥주를

6천 원에 팔기 시작하면서, 취할 때까지 마시는 게 힘들어졌다. 길에서 술에 취해 비틀거리는 사람은 주취자가 아니라 부르주아처럼 보였다. 아, 야속한 도시여. 나에게 숙취를 허락하지 않는 이 도시의 밤이 너무 길어 자주 이불을 뒤집어쓰고 울었다.

지하철과 버스 간 환승이 되는 것도 몰라서 지하철에서 내린 뒤 꾸역꾸역 오르막길을 오르던 미련함 끝엔 언제나 눈물, 눈물이 있었다. 흐느끼며 횡단보도를 걸어도, 길에 흩어진 눈물방울로는 많아도 너무 많은 사람의 시선을 끌기에 역부족이었다. 이게 내가 원한 자유가 아니었던가? 길에서 울든 말든 수많은 인파 중 그 누구도 나를 알아보지 않는 심리적 자유? 내 차를 알아보고 걸려 오는 전화 너머의 반가움이 없는 자유? 내가 원한 건 도대체 무엇이었나?

무자비한 오르막에 앉아 네 발로 기다시피 하며 올라왔던 길을 쳐다보았다. 흐린 시야로 바라본 길은 그리 멀지 않았다. 고작 몇 걸음 오지 못한 것이다. 앞으로 가야 할 길을 우러러보았다. 끝이 보이지 않았다. 이미 집으로 가는 중이었지만 지금 당장 집으로, 그러니까 손수 집안일을 할 필요도 없고 주거 안정에 대한 걱정도 할 필요가 없는 진정한 집으로 돌아가고 싶었다. 서울의 명당이라고 소문이 자자한 로또 판매점에서 숱하게 산 로또들은 모조리 낙첨. 차라리 5천 원으로 스무디나 사 먹을걸. 확실한 행복에 투자할 돈은 없고 불완전한 상상을 위해 꼬라박을 돈은 있는 내 삶. 아무것도 가진 것 없는 서른. 울기 좋은 도시 서울. 오르막에서 땀 닦는 척하며 눈물을 닦기 용이한 서울에 와버린 서른. 와보니 알겠다. 서울에는 오르막길이 너무 많았다.

쪽방촌 변사 사건을 처리하기 위해 떠났던 길. 쪽방촌 주민들은 익숙한 듯 담담하게 변사자의 신상을 공유해주었다. 쪽방촌은 너무 작아서… 정말 '작다'는 표현도 사치스러울 만큼 작았다. 170센티미터 남짓한 변사자가 양다리를 일자로 펼 수도 없는 크기의 방. 방이라기보다는 사각형의 상자와 같았던 그 공간. 캐리어 하나에 담긴 짐이 전부인 세월. 주민들이 어떻게 볼일을 해결하는지 모르겠지만, 그 쪽방촌 건물에는 변기 달린 화장실이 없었다. 방 안에서 바지에 볼일을 본 뒤 사망한 변사자를 장례식장에 안치하기 위해 장정 다섯 명이 달라붙었다. 좁은 방에서 시신을 운구하는 일이 여간 힘든 게 아니었기 때문이다.

같은 동네에서 또 다른 변사 사건이 발생했다는 연락을 받고 역시나 쪽방촌이겠거니 생각하며 갔는데 웬걸. 드라마에서도 본 적 없는 으리으리한 주택이 즐비한 부촌이었다. 길 하나를 사이에 두고 쪽방촌과 부촌이 나뉘어져 있는 풍경이란. 고령의 어르신이 돌아가셨다는 집은 4층짜리 주택이었고 내부에 엘리베이터도 있었다. 사건을 처리하는 척 들어가 남는 방 하나에 숨어들어도 즉각 발각되기 어려울 만큼 으리으리한 규모. 똑같이 여성의 몸을 빌려 태어나 주어진 삶인데 그 모습이 이리도 다를 수 있다니. 빈부격차는 어디에나 있는 사회 현상이지만 같은 날 같은 동네에서 전혀 다른 두 사람의 끝을 본 뒤로는 형용하기 힘든 기분이 들었다.

우울하다거나, 가진 것 없는 나의 미래도 암담하다거나, 이런 부정적인 생각에 시달린 건 아니다. 단지… 이렇게도 삶의 모습이 다르다면 나는 어떻게 살아야 할까, 비단 재정적인 문제를 떠나서, 삶이라는 바다를 어디에 방점을 두고 헤엄쳐야 할까, 그런 생각을 했을 뿐이다. 로또에 당첨되면 사회적 약자를 위해 기부하고 싶다는 막연한 생각을, 지금 당장 한 달에 만 원이라도 후원하는 게 낫지 않을까 하는 쪽으로 바꾸었다고 해야 할까.

자유롭고도 멋지게, 희망차게 살아보겠다고 서른 살에 서울에 왔는데. 정작 중요한 걸 잊고 있던 느낌이었다. 뉴욕에서 하루를 함께했던 이름도 모르는 그 언니 말이 맞았다. 우린 지금껏 너무 많은 걸 보고 다녔다. 나는 그만 눈을 감기로 했다. 대신 귀를 기울이기로, 서른 먹은 나의 마음을 들어보기로 했다. 내가 진짜 원하는 건 무엇인지. 자연을 파괴하며 살아야만 하는 인간이라는 존재라면 남은 생은 조금이라도 지구적으로, 범사회적으로 도움이 되는 길을 가보자고. 그게 내가 정한 삶의 이유라고 다짐하면서.

그런 의미에서 서울만큼 좋은 도시는 없었다. 마음만 먹으면 참가할 수 있는 프로그램이나 볼 수 있는 사회 현상이 너무 많았다. 문을 열고 밖에 나가는 순간 모든 것이 새로웠다. 열심히만 하면 갈망하는 모든 걸 이룰 수 있을 것만 같은 저녁을 보냈다. 살기 힘들다, 팍팍하다 해도 정말 내가 숨을 쉬고 사는 느낌이 드는 도시였다. 지난 29년의 세월이 허송세월인 것만 같은 비약까지 들게 하는 도시 서울을 나는 사랑해 마지않았다.

특히 지난 세월을 안타깝게 여기게 한 일은, 용산의 아이맥스 영화관에서 영화를 봤을 때다. '용아맥'이란 명성만 들었지 실제로 본 적은 당연히 없었는데 압도적인 스크린을 보는 순간 지금까지 본 영화가 모조리 허구처럼 느껴져서 가슴이 너무 아팠다. 4D로 < 쥬라기 월드: 도미니언 >을 봤을 때도, 4DX로 < 탑건 2 >를 봤을 때도 마찬가지였다. 아… 이게 진짜 예술이구나. 뉴욕에서 유명 그림을 실물 캔버스로 보았을 때와 같은 충격. 이렇게 찬란한 도시에 사는 사람들은 다른 도시가 얼마나 지루할까. 서른에 온 서울이지만, 그렇기 때문에 앞으로의 인생이 너무나도 기다려졌다. 두근거렸다.

서울에서 열리는 친척의 결혼식을 보러 부모님과 이모네가 상경했던 날. 지하철을 탈 줄 모르는 네 분을 위해 내가 네 장의 카드를 들고 번갈아 찍으며 순서대로 게이트를 열어주고 길을 안내했던 날. 2호선 창문에 비치는 한강과 눅눅한 겨울 햇빛을 바라보던 이모가 중얼거렸다.

"우리나라 세금은 서울에 다 들어갔다, 야. 여태껏 돈 벌어서 서울에 다 갖다 바치고 있었다, 야. 우리 같은 촌사람들은 세상이 어떻게 변하는지도 모르고 깜깜하게 살았다, 야…"

이모의 늙은 눈동자는 한강을 떠나지 못했다. 스스로의 가능성을 믿기도 전에 힘든 시절을 이겨내야만 했던 시골집의 장녀인 이모는 말투나 어법이 진짜 웃긴 사람이라서 어쩌면 한국을 휘어잡는 코

미디언이 되었을지도 모른다. 내가 서른에 처음 용 아맥에서 영화를 본 것처럼, 이모도 일흔이 되어서 스탠딩 코미디를 시작할 수 있지 않을까? 강산이 여러 번 바뀔 동안 가족만 바라본 이모는 충분히 무대 위에 설 자격이 있으니까.

　엄마는 지금도 매일 밤 나에게 안부 전화를 한 다. 집 앞도 못 찾아오던 애가 그 복잡한 지하철을 우찌 타고 다니노, 암만 생각해도 신통하다, 엄마 가 얘기하면 옆에 있던 아빠가 뉴우욕에도 혼자 댕 겨온 아 아이가! 하며 끼어드는 소리가 들린다.

　"안 내려올 끼가?"

　"이제 안 내려간다니까?"

　"서울이 그리 좋나?"

　"어. 좋다."

　"로또는 좀 사고 있나? 이번 주에도 서울에서 1등 이 나왔더라."

　"매주 사는데 안 된다."

　"잘될 끼다."

서울에서 흘린 눈물은 이 도시에 바치는 구독료라 생각하니 그럭저럭 합리적으로 느껴졌다. 여기서 고생하는 원대한 이유가 있을 거다. 아무 이유 없이 시련만 겪는 주인공은 없다. 로또의 신이 됐든, 창조주가 됐든, 절대자라면 그 누구든 나에게 이런 과정을 선사한 이유가 있겠지. 고향에 두고 온 오랜 벗들에게 전한 포부가 있으니, 더 이상 울고 있을 수만은 없다. 다만 엄마는 나의 서울 정착을 못내 아쉬워하는 중이다.

　"갈수록 인구가 줄어서 창원의 특례시 선정이 취소될 수도 있단다."

　"아무래도 일자리가 없어서 젊은 애들이 많이 빠져나갔겠지."

　"일단 우리 막둥이가 서울 가버리고 나니까 인구가 반은 줄어든 것 같다. 막둥이 빈자리가 크네."

　서른이 된 해, 난 혼자 울기 좋은 서울에 왔다. 조금 더 잘 살고 싶다. 갈망하던 모든 게 이루어질 이곳, 서울에서.

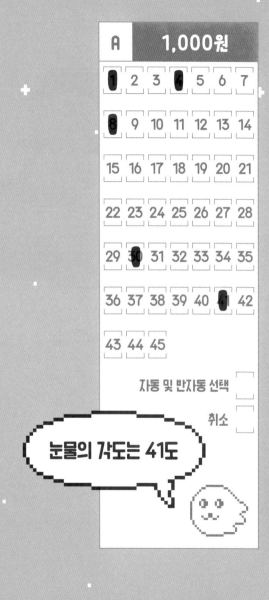

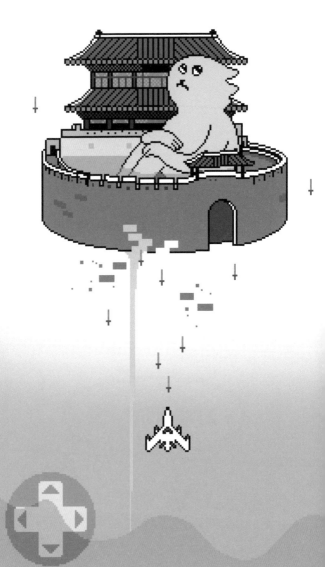

처음 로또를 구입하게 된 건 여분의 케이크를 향한 갈망 때문이기도 했지만, 가장 근본적인 이유는 엄마였다. 엄마는 언젠가 로또 1등에 당첨되고 말겠다는 의지를 담아 '또로회'를 창설한 모임장이자, 한 주도 거르지 않고 착실히 로또를 구입하는 로또교의 신도이기도 했다. 마음 맞는 친구들끼리 모임 날 만나 맛있는 음식을 먹고, 귀가하기 전 각자 로또를 구입한 뒤 헤어지는 '또로회' 모임을 10년 넘게 꾸려오고 있다.

　"또 로또 사러 가나."

　"하모. 니도 매주 많이는 말고 5천 원어치만 사 봐라."

"당첨이 되겠나. 돈만 날리는 거지."

"그런 마음으론 뭘 해도 안 될 끼다."

나의 잔소리로부터 후다닥 도망가며 엄마는 볼멘소리로 대꾸했다. 로또 당첨 기원 모임이면 '로또회'로 짓지, 왜 '또로회'로 지었냐는 물음에는 또로회가 더 재밌게 들린다는 싱거운 대답이 돌아왔다. 아무튼 다년간 이어진 로또에 대한 엄마의 강요 혹은 선행학습으로 인해 나도 로또교에 발을 들이게 되었달까. 엄마가 언젠가 우리는 당첨될 거라고 했으니까. 기필코 된다니까. 그럼 사야지, 뭐.

하지만 로또 당첨의 가능성에 과도하게 의존하는 엄마가 마냥 귀엽게만 보인 건 아니다. 힘든 일이 생겼는데도 로또가 될 거라며 중얼거리는 모습이나, 당장의 해결책이 필요한데 말없이 로또를 사러 나갔다 돌아온 뒤 불경을 듣는 모습은 스트레스로 다가왔다. 신은 우리를 구원해주지 않는다. 우리를 구원하는 건 바로 출금 가능한 본인 소유의 목돈뿐이었지만 그렇게 따지자면 엄마는 스스로를 구원할 능력이 없었고, 만물 신에게 기도를 올릴 뿐이었다. 난 그런 엄마의 모습이 자주 답답했다.

아빠가 응급실에 실려 갔다는 연락을 받았을 때, 가장 먼저 떠오른 건 돈 생각이었다. 사경을 헤매는 아빠가 아니라.

하필. 그래 하필, 친구 줍줍이와 함께 여행을 간 날이었다. 까칠한 상사를 둔 줍줍이가 어렵게 승인받은 입사 후 첫 휴가. 만나면 화장실 가는 시간도 아껴서 수다를 떨 작정이었다. 주택에 살면서 수시로 바비큐를 해먹어본 덕에 바비큐 학과 박사학위를 보유한 줍줍이는 내가 생각지도 못한 준비물을 이것저것 많이도 챙겨 왔다. 밖에서 사면 다 돈이야, 알지? 줍줍이는 흡족한 표정으로 캐리어를 쓰다듬으며 말했고 나는 활짝 웃었다. 이번 여행, 진짜 즐거울 거야.

숙소 입실 때까지 시간이 붕 떠서 근처에 있는 오락실에 들렀지만, 어릴 때처럼 신나게 게임을 즐길 순 없었다. 추억 속 1회 500원에 머물러 있던 오락실 물가는 1회 천 원으로 두 배가 올라 있었기 때문이다. 줍줍이와 둘이서 하려니 한 게임당 2천원은 넣어야 하는 상황. 이 돈이면 진로를 한 병 더 사 먹지… 줍줍이가 중얼거렸다. 어른의 오락이란 자고로 그런 것이다.

우리는 뛰어난 컨트롤을 발휘하지 않아도 그럭저럭 오래 목숨을 부지할 수 있는 게임을 고른 뒤 죽지 않으려 안간힘을 쓰며 플레이를 했다. 죽는 순간 진로 한 병이 날아가기 때문이었다. 2라운드 진출에 실패한 이후 천 원을 더 넣을까 말까 고민하던 찰나에, 엄마에게서 전화가 왔다. 밤새 상태가 좋지 않던 아빠가 응급실에 실려 갔다고 했다.

새벽 내내 원인을 알 수 없는 고열에 시달리다가 응급실에 실려 갔다고, 병원에 도착했을 때부터 지금까지 온갖 검사를 받으며 채혈만 일곱 번을 했는데 열이 나는 원인을 도통 알 수 없다며 엄마는 덤덤하게 말을 이었다.

"너거 아부지 한평생 감기 한번 안 걸린 사람

아이가. 이제 육십 넘었으니 고장 날 때가 된 것뿐이다."

신경 쓰지 마라. 괜찮을 끼다. 엄마는 늘 하던 말투로 건조하게 말했다. 로또에 꼭 될 끼다. 로또의 신이 우리 막둥이 집 하나 사주라고 엄마를 꼭 당첨시켜줄 끼다. 다, 괜찮을 끼다. 너거 아부지도 괜찮을 끼다.

엄마는 무던하게 지금 상황을 브리핑했을 뿐인데, 정작 그 말을 듣는 나는 속이 뒤집어지고 모든 상황이 싫어졌다. 이 빌어먹을 오락실을 당장이라도 뛰쳐나가서 영화 〈박하사탕〉 속 설경구처럼 소리라도 빽 지르고 싶었다. 나 다시 돌아갈래! 돌아가다니, 어디로? 현실 말고는 갈 곳이 없는데. 41도쯤의 각으로 하늘을 향해 고개를 들었지만 떨어지는 눈물을 막을 재간은 없었다. 줍줍이가 무슨 일이냐고 달려왔다. 게임은 끝난 지 오래였다. 지금 당장 코인을 투입하라는 경고 문구가 스크린을 신명 나게 뛰어다니고 있었다.

경비를 아끼기 위해 집에서 챙겨올 수 있는 것들

은 최대한 싸 온데다가 갑자기 내리는 폭우까지 머금으며 한층 더 무거워진 짐들은, 그래서 더욱 짐스럽게 느껴졌다. 상황 설명을 들은 줍줍이는 괜찮을 거라고 나를 계속 다독여주었다. 엄마의 괜찮을 끼다와 줍줍이의 괜찮을 거야가 메트로놈처럼 일정한 간격을 두고 반복되었지만, 마음은 쉽사리 진정되지 않았다. 아빠의 안위에 대한 걱정보다 가장의 공백으로 인해 벌어질 경제적 재난에 대한 시나리오를 떠올리느라 바빴다. 숙소에 도착할 때쯤, 돈과 관련지어 할 수 있는 세상의 모든 걱정을 끝마치게 되었다.

2주 가까이 입원했음에도 차도가 없던 아빠는 결국 서울로 병원을 옮겼고, 내가 서울역까지 마중을 하러 갔다. 오랜만에 보는 부모님은 몸고생과 마음고생으로 인해 살이 빠져 반쪽이 되어 있었다. 코로나19의 영향으로 병원 면회가 일절 금지된 상황이어서 아빠의 입원 수속을 끝낸 엄마는 할 일이 없었다. 곧장 집으로 내려가겠다는 엄마를 붙잡고,

우리는 수원으로 갔다. 정조 임금을 몹시도 좋아하는 엄마가 평소 수원 화성에 가보고 싶다며 노래를 불렀기 때문이다. 여기까지 왔는데 바로 내려가면 아깝잖아! 씩씩하게 외치며 차를 몰았지만, 어두운 분위기를 걷어내고 싶은 마음에 급조한 소풍이었다. 가만히 있다간 곧장 41도로 고개가 기울어지며 눈물이 날 것만 같았다.

평일이어서 비교적 쉽게 화성 근처 한옥 숙소를 예약할 수 있었다. 엄마는 화성을 산책하며 끊임없이 정조 임금의 업적을 나열했다. 마침 정조 임금이 주인공인 드라마가 종영한 지 얼마 되지 않은 탓에, 엄마의 정조 임금 사랑은 극에 달한 상태였다.

"그 시대에 우찌 이런 건물을 지을 수 있었는지 정말 신통하다!"

"미천한 백성 부려서 지은 결과물이지, 뭐…"

"니는 참 매사에 부정적이다."

엄마는 화성에서 다양한 표정을 지었다. 규모에 놀라다가, 화성 근처에 술집 거리가 형성된 것을 보고는 정조 대왕(엄마는 꼭 '대왕'이라고 칭했다)이 기절하겠다며 잠시 노하다가, 숙소가 참 예쁜데 손님이 우리밖에 없으니 사장님 마음이 찢어지겠다며 사장님보다 더 울상이 되었다가, 아빠와 전화하며 쾌활하게 안부를 나누었다.

다음 날 엄마는 또로회 모임장답게, 수원 제일의 로또 명당이 어딘지 알아보라는 미션을 내렸다. 수원에서 제일가는 명당인지는 모르겠으나 화성과 멀지 않은 곳에 1등 당첨자를 다섯 번 배출한 곳이 있어 점심을 먹고 들렀다. 엄마는 로또 2만 원어치를 사서 나에게 반을 주었다.

"단디 챙겨라. 어제 화성 돌면서 정조 대왕님한테 엄청 빌었으니까. 내 소원을 들어주실 끼다."

될 끼다. 괜찮을 끼다. '끼다' 주문을 외며 정조 임금의 발길이 닿았을 수도 있는 수원의 어느 로또 판매점에서 복권을 산 우리는 짧은 소풍을 마치고 각자의 집으로 돌아갔다. 아빠의 고열은 끝내 원인이 밝혀지지 않아 최종 진단명이 '불명열'로 기록

되었다. 동네 터줏대감인 부모님의 모습이 며칠 보이지 않음을 걱정했던 이웃들이 줄지어 음식을 싸들고 집을 방문했다고 했다. 신묘한 기운을 뿜내는 동네 할머니는 사람이 살다가 한번은 이유를 알 수 없는 열병이 찾아오기 마련인데 자네 신랑은 그 순간이 지금이었을 뿐이라고 상황을 정리해주었다. 묘한 말이지만 엄마한텐 참 위로가 됐단다. 그냥, 별일 아니라고. 한번쯤은 이유도 원인도 알 수 없는 고통이 왔다 가는 것. 그게 인생이라고.

우리 가족은 빠르게 제자리를 찾아갔다. 아빠는 열병을 앓고 난 이후 야간 근무의 빈도를 확 줄였다고 했다. 어제도 새벽에 두 시간만 더 일하면 10만 원을 벌 수 있는 일감이 생겼는데 300번 고민하다가 거절했다며 아쉬워했다. 그럴 때마다 나는 엄마처럼 끼다 주문을 외웠다. 잘했다. 그거 벌어 봐야 병원비로 다 나갈 끼다. 안 아픈 게 최고다. 엄마가 곧 로또 1등 당첨될 것 같으니까 무리하게 일하지 마라.

그러나 일주일 후, 엄마에게서 분통에 찬 전화가 걸려 왔다.

　　"내 진짜 실망했다."

　　"뭐가?"

　　"우째 수원에서 산 로또가 맞는 게 하나도 없드라! 정조 대왕이 우리한테 이럴 수 있는 기가! 내가 정조 임금(여기서부터 엄마는 대왕이 아닌 '임금'이라는 호칭을 썼다)을 얼마나 좋아하는데…"

　　"죽은 사람 좋아해 봐야 뭐하냐고… 살았을 때 얼굴이라도 비췄어야지…"

　　"다음엔 의빈 성씨 묫자리에 가볼라고. 거기서 기운을 받을 수 있을랑가."

　　"아니, 왜 남의 묫자리에서 소원을 비냐고…"

　　이후의 일상이 별 탈 없이 제자리를 찾은 것처럼 보였지만, 아빠가 아프기 전과 완전히 같을 순 없었다. 엄마 말처럼 나이 든 부모님은 앞으로 아플 일이 더 많아질 수밖에 없는데 그에 대한 대비책은 하나도 없었기 때문이다. 얼마 남지 않은 케이크가 바들바들 떨렸다. 내가 먹기에도 부족한 케이크였는데 나만의 것이 아니라 가족 공용이었다니…

앞으로의 노후 대책을 논의하는 대화에서도 엄마는 한결같이 로또의 가능성만을 믿었다.

"또로회 모임을 하는 동안 한 번은 안 되긋나. 1등 당첨."

현실적인 대안을 제시하라고 협상 테이블을 두드리며 소리치고 싶은 심정이었지만, 고개를 41도로 기울여 심호흡하며 호흡을 골랐다. 그래, 로또는 종교다. 엄마는 신앙생활을 할 뿐이다. 나는 입가를 부자연스럽게 올리며 맞장구 쳐주었다.

"잘될 끼다."

"서울에서 로또는 좀 사고 있나? 경남은 명운이 다했는지 1등이 통 안 나온다. 돌아다니면서 괜찮은 곳 있으면 로또 좀 사라."

"그렇게 하고 있다."

통화의 시작과 끝에 로또가 빠지지 않으니, 아무래도 이 책은 나보다 우리 엄마가 쓰는 게 더 적절했을지도 모른다. 로또에 대해 할 말은 나보다 엄마가 족히 곱절은 더 많을 텐데. 엄마는 급조한 수원 화성 소풍이 그래도 상당히 마음에 들었는지(비록 정조 대왕의 배신으로 로또 1등 당첨은 되지 않았지만) 동네방네 자랑을 하고 다녔다. 우리 딸이 서울 가더니 성공해서 아빠 병원도 모시고 가고, 엄마 수원도 보내준다고. 내가 그렇게 수원 화성을 가고 싶어 했는데 어떻게 기억하고 데리고 가줬다며. 딸 이미지메이킹 하나만큼은 섭섭하지 않게 해주는 엄마를 어찌 질책할 수 있으랴.

또로회 수장의 딸, 비록 엄마의 소원대로 로또 1등에 당첨되진 못했지만(아직까지는!) 로또에 관한 책은 무사히 마무리할 수 있을 끼다. 꼭 그럴 끼다. 혹시 알까? 이 책이 대박 나서 로또 1등 당첨에 버금가는 케이크를 가져다줄지도. 인생 모르는 기다!

172

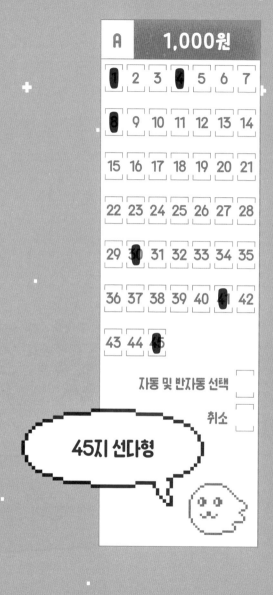

틱. 티디디틱. 틱틱틱.

이 소리는 서울대입구역 근처 피부과에서 레이저로 털을 태우는 소리입니다. 고향의 소리… 아니, 완벽한 타지의 소리. 틱. 티디디틱.

처음 보는 의사에게 양쪽 겨드랑이를 내어준 이유. 난새가 상경 선물로 겨드랑이 레이저 제모 10회권을 끊어주었기 때문이다. 인생 첫 레이저 제모의 효과에 깊이 만족한 나는 팔 하완 제모 10회권을 추가로 결제했다. 피부과에서는 팔꿈치를 기준으로 아래를 하완, 위를 상완이라고 칭했다. 팔 전체에 제모를 진행하고 싶었지만 그러기엔 가격이 비싸서, 부득이 노출할 일이 많은 하완만 따로 분리해 결제할 수밖에 없었던 슬픔.

팔 하완 제모가 시작된 날. 시술을 진행한 의사는 나의 오른팔을 잡고는 어깨부터 레이저를 쏘기 시작했다. 틱틱틱. 약간의 따끔거림과 그보다 큰 부끄러움, 그러나 병원 직원이 친절히 두 눈을 가려주어 정작 눈에 뵈는 건 없는 상태, 살 타는 냄새가 엉성하게 뒤섞인 공간은 여러모로 숨이 막혔다. 분명 하완만 예약했는데 왜 어깨부터 하시는 거지? 알고 보니 팔꿈치 위가 하완인가? 내가 잘못 예약했나? 털과 함께 불안도 타들어 갈 무렵, 팔 전체를 예약하신 걸로 착각했다는 의사의 말로 상황은 마무리되었다. 졸지에 난 왼팔 상완보다 미묘하게 털이 얇은 오른팔 상완을 가진 여자가 되었다. 고작 레이저 한 번 더 받은 걸로 눈에 띄는 차이가 나진 않겠지만, 이왕 실수하신 김에 왼팔 상완도 해주시지… 소시민적인 아쉬움이 털처럼 솟아올랐다.

삶은 선택의 연속이다. 의사는 선택한 거다. 재빨리 실수를 인정하고 반대쪽에선 같은 실수를 저

지르지 않는 것으로. 나는 선택했다. 그런 그의 결정을 아쉽게 여기기로. 제모가 끝나면 살 것도 딱히 없지만 다이소에 한번 가보기로. 집까지는 지하철 대신 버스를 타고 가기로.

　나는 좀처럼 새로운 선택을 하지 않는 사람이다. 단적인 예를 하나 들자면, 내 나이 서른 평생 다른 미용실에서 머리를 해본 적이 단 한 번도 없다. 부모님의 신혼집이 생기기 전부터 동네에서 미용실을 운영하는 원장님이 계셨고, 근처에 둥지를 튼 부모님은 아이가 태어나자 자연히 그 미용실을 찾았으며, 하필 원장님과 엄마의 마음이 무척 잘 맞았으니, 그런 환경에서 자란 나도 자연히 원장님만 찾아갔기 때문이다. 서울로 터전을 옮긴 지금도 마찬가지다. 분기마다 고향집에 내려갈 때 미용실도 함께 찾아간다. 이 얘기를 들은 줍줍이는 말도 안 되는 거짓말이라고 콧방귀를 뀌던데, 정말 억울하다.

　옷을 사는 것도 마찬가지다. 어쩌다 한번 경험해

보고 썩 마음에 들면 그 브랜드의 옷만 구입한다. 한 브랜드의 옷만 주구장창 입고 다녔더니, 중앙경찰학교에서 6개월간 같은 방을 썼던 어느 동기는 혹시 일가친척 중에 해당 브랜드 매장을 운영하는 분이 계신지 조심스럽게 물어오기도 했다. 카라티, 셔츠, 바지까지는 그러려니 했는데 패딩 조끼, 트렌치코트에 이어 목도리까지 품목을 가리지 않는 동일 브랜드 제품이 등장했을 때 물어봐야겠다고 결심했단다.

업종 불문 가게를 방문하는 것도 어느 한 곳이 괜찮으면 거기만 가는 습성이 있어서, 난새는 이제 좀 다른 곳에 가보자고 성화였다. 작년 새우 철 나와 난새는 생새우를 먹으러 노량진 수산 시장에 지겹도록 드나들었는데, 새우를 사는 곳도 같은 곳, 조리해주는 식당도 같은 곳만 가려다가 난새에게 결국 잔소리를 들었다. 또 같은 곳 가지! 지겹지도 않아? 나는 속으로만 비겁하게 대꾸했다. 새로운 곳에 가는 게 더 스트레스인 걸…

지역 특산물을 격파하기 위해 여기저기 잘 다니

는 것처럼 보여도, 다른 지역에 갈 때나 그렇지 내가 사는 동네에서까지 그러진 않는다. 배달도 늘 같은 곳에서만 시켜 먹어 앱에 리뷰를 남기면 사장님이 나를 알아보고는 꼭 댓글을 달아준다.

이건 아주 비겁한 습성이다. 실패가 가져다줄 결과를 오롯이 감당하기 힘드니까 아예 실패할 기회조차 스스로에게 주지 않으려는 고집이다. 같은 브랜드에서 옷을 사는 것도 사이즈나 질감이 어느 정도 예측 가능하기 때문에 그러는 것이고, 같은 가게만 가는 것도 새로운 가게의 새로운 사장님이 언행을 함부로 해서 불시에 상처를 입거나 하는 이벤트를 막기 위함이다. 아무리 빨리 변하는 세상이라지만 내가 구축한 울타리 내부만큼은 언제고 석양빛으로 물든 정든 풍경으로 남아주기를 바랐다.

하지만 로또는 어떤가? 매번 마흔다섯 개의 번호 중 여섯 개를 골라야만 하고, 한두 개가 겹칠 순 있어도 매 회차의 1등 당첨 번호가 같을 순 없다. 이번 회차에서는 어떤 조합으로 번호를 고를 건가.

지난주에 30번대 번호가 없었으니 이번엔 33번을 넣어 볼까? 번호 여섯 개 고르는 것도 힘들어 매번 자동으로 로또를 구입하는 나에게 로또의 신은 과연 웃어줄 것인가? 그것이 문제로다.

동행복권 홈페이지에는 '로또 히스토리'라는 재미난 코너가 있다. 제1회부터 현재(제1060회)까지의 로또 역사를 수치로 짧게 적어놓았다. 현재까지 총 판매 금액은 무려 68조 8천억 원! 현재까지 누적 1등 당첨자 수는 8,035명이라고 한다. 매주 수십 명씩 나오는 것 같아도 로또 역사상 1등 당첨된 사람이 아직 만 명도 채 되지 않다니. 중복 당첨된 사람도 있으니 실제 당첨자 수는 이것보다 적을 것이다.

저 8,035명의 1등 당첨자 중 혹시 이 책을 읽고 계신 분이 있다면 묻고 싶다. 그리하여 당신의 인생은 얼마나 달라졌습니까? 1등 당첨 이후 당신은 어떤 선택을 했나요? 가장 먼저 검색한 건 아무래도 농협 본점의 위치겠죠?

평균 1등 당첨금액은 약 20억이며 역대 최고 1등

당첨금액은 무려 407억 원, 최저 1등 당첨금액은 4억 원 정도라고 한다. 와, 407억이라니. 여기 적힌 금액이 세전인지 세후인지는 모르겠지만 세금을 떼도 300억은 받았을 건데. 와. '와'라는 감탄사 말고는 나오지 않는 액수. 천 원짜리를 엮어 이불을 만들어도 계절별로 만들 수 있고 담요까지 만들 수도 있을 금액. 내가 좋아하는 위니비니 휘리팝 사탕이 한 개 3,500원이니까 매일 하나씩 사 먹어도 31,859년은 사 먹을 수 있는 금액. 라마를 814대는 살 수 있는 금액. 15억짜리 케이크를 여분으로 27개는 쟁여놓을 수 있는 금액. 아아… 아찔하구나. 돈의 맛이란 거.

평균 당첨금액이 20억이라는 것도 재밌는 가정이다. 수중에 20억이 생긴다면 당장 뭘 해볼까? 아마 집을 가장 먼저 사지 않을까? 이왕이면 아파트가 좋겠지. 단독 주택은 일단 괜찮은 부지를 구하는 데만 20억으로도 모자랄 테니까. 물론 서울에서 산다는 전제하에. 내가 또 전자기기나 가전제품이라면 환장하는 사람인데, 요즘 살 가전이 너무 많아서 30평대론 부족하단 말이지. 그렇다고 48평까진 20억으로 안 될 것 같은데… 위치 좋은 곳이면 평당 1억은 갈 텐데 20억으로는 18평 정도밖에 못 사지 않을까? 가만, 20억이 세전이라면? 그래서 세후로는 13억 밖에 되지 않는다면? 더블 역세권이나 편세권, 한강공원 근접과 같은 여러 조건을 포기하면 그래도 꽤 괜찮은 아파트를 살 수는 있을 거야. 그 정도로도.

　1등에 당첨됐음에도 재수없다는 표현은 그렇지만, 재수없이 너무 많은 당첨자가 나온 회차여서 최저 금액인 4억밖에 수령하지 못한다면? 세후 2억 7천쯤 된다면? 고스란히 통장에 보관해? 예금은 최대 5천만 원까지 밖에 보호되지 않는데? 원룸을 사서 월세로 돌려? 이런. 돈이 갑자기 생겨도 문제구나. 큰돈을 경험해본 적 없으니 돈이 들어온다는 상상조차 두통을 불러일으킨다. 그래도 시간 가는 줄 모르겠다. 얼마나 좋을까. 하루 종일 돈을 어떻게 쓸지만 궁리하는 삶이라면. 무슨 선택을 하더라도 후회는 없겠지.

예전에 살던 곳에 유명한 로또 명당이 있었다. 도로변에 있는 조그마한 노상 판매점이었는데 어찌나 사려는 사람이 많은지 판매점 바로 앞 차선은 임시 정차한 차들로 만원이었고, 이로 인한 민원도 자주 발생하는 곳이었다. 같은 지역 사람이면 누구에게 얘기를 들었든 지나가면서 보았든 어쨌든 그 로또 집을 모르긴 어려울 만큼 소문난 곳이었는데 어느 날 로또 집 사장님이 퇴근길에 강도를 만났다고 했다.

현금을 챙겨 퇴근하던 사장님을 습격했고, 밀쳐서 넘어뜨린 뒤 돈 가방만 훔쳐 달아난 그 사람. 도대체 누가 그런 짓을 했냐며 동네 민심이 급격히 흉흉해졌는데, 잡고 보니 전직 경찰관이었다. 나역시 건너 건너 알던 직원. 전직 경찰관이라 하기엔 그만둔 지 몇 개월 되지 않은 시점이었고, 범행을 결심한 이유는 도박으로 인한 채무 때문이었다는 언론 보도를 보았다.

뭘까? 선택의 합이 결국 인생이라면, 그는 한 번의 선택으로 잘못된 길을 가게 되었을까? 미사일의 발사 각도가 1도만 바뀌어도 결과적으로 엄청난 차이를 보이듯, 대수롭지 않게 판단했던 선택이 잘못된 기울기를 따라 아래로 추락하게 된 것일까. 경찰관이 되기로 선택한 그가 스스로 범행을 행하기까지 놓인 선택지와 체크한 답안지는 무엇이었는지.

"많이 웃어라. 마음 나쁘게 먹지 말고. 꼭 좋은 일이 올 끼다. 꼭 로또 1등에 당첨될 날이 올 거라는 믿음을 저버리지 말고. 웃자. 눈은 항시 총명하게 뜨고. 오뉴월에 시장 바닥에 누워 있는 동태 눈깔처럼 하고 다니지 말고."

오늘도 전화로 로또에 대한 신념을 전파하는 또로회의 수장이자 로또교 신자인 엄마의 말씀. 공자, 맹자보다 위대한 것은 웃자라는, 철학과를 나온 나도 알지 못했던 가르침을 전파하는 엄마의 5천 원짜리 꿈과 5천 원어치의 믿음.

    1번부터 45번 사이 총 여섯 개의 번호를 선택해야 하는 로또. 이번 주 당첨 번호에 3번이 없다고 해서 3번이 틀린 번호는 아니다. 그저 이번 주에 선택받지 못했을 뿐. 이 번호가 아니라면 다른 번호를 선택해서 다시 도전하면 되고, 믿음을 저버리지 말고, 많이 웃자고. 또로회 수장은 그렇게 말씀하셨다. 고된 하루하루 속에, 그래도 살면서 한번쯤은 굴러들어온 복이 있을 거라는 믿음이 양념처럼 첨가되어 그럭저럭 버틸만한 일주일이 되고, 한 달이 되고, 1년이 되고, 일생이 된다.

    강원도 홍천에서 열리는 맥주 축제에 줍줍이와 함께 간 적이 있다. 홍천에서는 매년 맥주 축제가 개최되는데, 전국 최대 맥주 공장을 보유한 곳이라는 소개가 포스터에 적혀 있었다. 일렬로 정렬된 점포에서는 직접 만든 안주를 팔고, 종류별로 안주를 구입한 뒤 쿨링존에 앉아 갓 나온 맥주를 마셨다. 쿨링존은 구역 전체가 발목 정도 높이의 물로 채워져, 물에 발을 담근 채 맥주를 마실 수 있도록 조성된 곳이다. 안주가 떨어지면 더 사 오면 되고, 신선하고 맛 좋은 맥주는 (돈만 있다면) 무한정으로 마실 수 있는 축제. 많은 축제를 가봤지만 진정한 의미의 '축제'였던 곳에서 나는 줍줍이와 함께 많이 웃었다.

다음 날엔 줍줍이의 요구에 의해 아이스링크에 갔다. 스케이트를 타본 적이 없어 뉴욕에서도 어정쩡한 자세로 남들이 타는 모습만 구경한 채 뒤돌아갔던 과거가 떠올랐다. 평일 오후라 링크는 한산했지만 은둔 고수와 같은 분위기를 풍기는 사람이 많았다. 진짜 쇼트트랙 선수 같은 전신 유니폼을 입고 단체로 계주를 이어가던 사람들, 뒷짐을 진 채 어슬렁거리는 것 같지만 아주 안정적인 자세로 주행하던 할아버지와 젊은 여자의 모습이 보였다. 나와 줍줍이를 제외한 모든 이용객이 개인 스케이트를 착용하고 있었다. 또 나만 몰랐다. 이렇게 재미난 세상이 있는 줄은.

처음 신어 보는 스케이트는 발볼을 꽉 죄어왔다. 꽉 잡아야 넘어지지 않는다고, 줍줍이는 죄인의 주리를 틀듯 스케이트를 더욱 조였다. 전생에 사또였음이 분명한 실력이었다. 그의 손을 잡고 조심스레 옮겨보는 발걸음. 조카가 걸음마를 배우던 모습과 꼭 같은 형상으로 시작하는 스케이트.

"나 넘어질 것 같아서 못 가겠어…"

갈라진 얼음 사이로 자꾸 미끄러지는 느낌이 들어 좌절하려는 찰나, 줍줍이가 큰 소리로 외쳤다.

"괜찮아! 넘어질 것 같으면 다른 발을 딛으면 돼!"

그렇다. 스케이트는 넘어지기 직전에 다른 발을 뻗어 무게 중심을 옮기는 방식으로 전진하는 운동이었다. 줍줍이는 넘어질 것 같을 때마다 바쁘게 발을 바꿔가며 앞으로 나아갔지만 정작 나는 넘어질 것 같으면 펜스를 잡고 두려움에 떨었다. 여긴 절벽도 아니고 고작 아이스링크인데. 안전 요원이 상시 대기하는 곳이니 조금 넘어진다고 한들 큰 부상으로 이어지진 않을 텐데도. 줍줍이의 외침이 자주 생각났다. 피곤함에 패배하여 잘못된 선택을 하려고 할 때마다, 별것 아닌 일로 과도하게 걱정하

거나 기분이 침몰될 때마다. 괜찮아! 그럴 땐 다른
발을 딛으면 돼! 그리고, 넘어지면 또 어때! 일어
나면 되지!

결국, 내가 궁극적으로 영위하고 싶은 목표는 선
택의 여지가 있는 삶이었다. 너무 지쳐 쉬고 싶을
때면 월급에 얼마나 큰 영향이 있을는지 계산기를
두드리지 않고 휴가를 신청할 수 있는 직장 생활.
보다 다양한 메뉴를 고를 수 있는 식사 시간. 기왕
이면 이것을, 이왕이면 저것을 선택할 수 있는 여
유. 나를 위해주는 사람들에게 베풀 수 있는 마음
과 지갑. 총체적으로, 인생을 달달하게 만들어 줄
여분의 케이크 하나.
좋아하는 가수의 콘서트에 갔던 날. 열기로 볼이
발개진 채 기타를 메고 있던 그가 말했다.
"제가요. 그래도 데뷔한 지 몇 년 됐다고 곡의 개
수가 늘어나니까, 콘서트에서 무슨 노래를 부를지
선택하게 되더라고요. 예전엔 전 앨범의 전곡을 다
불러도 혼자 오롯이 공연을 채우기 힘들었는데 이

번 공연에선 무슨 노래를 부를지 취사선택을 하는 스스로를 보고 놀랐어요. 결국 모든 건 선택인 거죠. 제가 오늘 여러분께 무슨 노래를 들려드릴지. 다음 공연은 어떻게 꾸릴지. 앞으로 어떤 노래를 부르는 가수가 될지."

이번 로또는 자동으로 살지 수동으로 살지, 수동으로 산다면 무슨 번호를 고를지, 힘겹게 수레를 들고 계단을 오르는 할머니를 도와드릴지, 좋아하는 사람에게 편지를 쓸지, 신고 현장에서 만난 민원인에게 조금 더 친절하게 인사를 건넬지, 부모님에게 안부 전화하는 빈도를 늘릴지, 오늘 하루 무탈히 보낸 스스로에게 감사해하고 별 탈 없이 살 수 있도록 도와준 세상 만물에게 아낌없는 사랑을 보낼지 모두 나의 선택에 달렸다.

친구들과 크리스마스 파티를 하면서 즉석복권을 나눠 가졌는데, 줍줍이가 천 원에 당첨되었다. 잠시나마 당첨의 기쁨을 누린 그는 복권을 잠옷에 넣은 채 까맣게 잊어버렸고, 그 사실을 모르는 잠옷 주인인 나는 파티가 끝난 후 잠옷을 그대로 세탁기에 넣었다. 빨래가 다 됐다는 알림음에 열어본 세탁기 내부는 복권이 갈가리 찢어지면서 발생한 조각으로 엉망이었다. 흡사 빨래 위에 눈이 내린 것 같던 풍경. 줍줍이에게 전화해 타박하면서 크게 웃었다. 너 진짜 부자구나. 이런 것도 까먹고. 눈이 소복이 쌓이듯 웃음과 추억을 소복소복 쌓아갔다.

1번부터 45번까지, 45개의 선택지 중 당신은 무엇을 고를 것인가. 잘만 고른다면 여분의 케이크를 손에 쥘 수 있을 텐데.

틱. 티디디틱. 틱틱틱.

이 소리는 로또 1등 당첨자가 열 명 넘게 배출되었다는 서울 강남의 모 로또 판매점에서, 자동으로 5천 원어치의 로또 종이가 나오는 소리입니다. 고향의 소리⋯ 아니, 선택의 여지가 있는 삶을 향한 소리. 틱. 티디디틱.

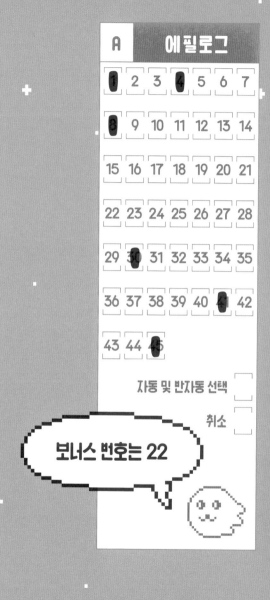

반갑습니다. 희망 절망 로또 645의 MC, 김복권입니다. 오늘도 로또 추첨의 공정성을 위해 마포경찰서 경찰공무원이 입회해주셨고요. 방청객 여러분과 함께 생방송으로 진행하겠습니다.

일동 박수.

 우선 지난주 당첨 소식부터 알아볼게요. 제2022회 로또 총판매액 1,539억 원. 1등 총당첨금 314억 원으로 열한 분이 당첨되어 1인당 28억 5천만 원씩 수령하셨습니다. 와, 정말 부러운데요!

일동 술렁임.

 그럼 로또 볼의 시작 버튼을 눌러주실 오늘의 황금손을 모셔볼까요? 오늘은 작가로서 그저 그런 길을 걷고 계신 원도 씨를 모셔봤습니다.

원도, 머리를 긁적이며 등장. 말쑥한 차림.

 안녕하세요. 원도라고 합니다. 전남 완도 아니고, 윈도우 할 때 윈도도 아닙니다. 줍줍이는 '원'래부터 예쁘다 할 때 '원', 영화 '도'둑들에서 감독님은 왜 김혜수와 전지현의 키스신을 넣지 않았을까 할 때 '도'입니다.

일동 모르는 눈치. 방청객 중 일부 스마트폰을 꺼내 검색하는 듯 분주함.

 원도 씨는 작가라고 하셨잖아요. 제가 글이랑 거리가 좀 멀어서 그런가, 작가님들을 보면 괜히 신기하고 그러네요. 이건 아주 개인적인 질문인데요. 작가분들은 쉬는 시간, 그러니까 글을 쓰지 않는 시간엔 뭘 하시나요? 막연하게 생각하기로는 글감을 떠올리기 위해 사색에 잠기거나, 아무도 없는 곳으로 훌쩍 여행을 간다거나 할 것 같은데요.

작가들은 돈 없어서 여행 못 갑니다. 종이책 팔아서 어떻게 여행을 가나요? 우리나라가 책을 많이들 사 보는 나라도 아니고…

김복권 씨 다소 당황.

 고 함민복 시인이 본인의 시 <긍정적인 밥>에서 '시 한 편에 3만 원이면 너무 박하다 싶다가도…'라는 문장을 쓰셨죠. 이 시의 제목이 왜 긍정적인 밥일까요? 글로 생계를 유지하다간 개뿔 긍정적인 생각이 하나도 들지 않기 때문입니다. 있던 긍정도 사라집니다. 과시하는 건 곧 결핍이라는 뜻이거든요. 제목에까지 긍정이라는 글자를 박았다는 건 어디에도 긍정을 찾아볼 수 없기 때문이라는 게 저의 아주 개인적인 추측입니다. 물론 시인 분은 이렇게 저열한 상상을 하는 저와는 달리 정말로 시 한 편의 값어치를 소중하게 생각하셨겠지만요.

하하, 이것 참. 제가 괜한 질문을 드렸네요. 첫 질문부터 저를 이렇게 당황시키시다니!

 농담이고요. 제가 현재 전업 작가는 아니기 때문에 복권 씨 질문에 정확한 답을 드리기 어려운 상황이기도 합니다. 작가는 저에겐 부업이라는 말보다는 큰 의미인데요. 또 다른 직장이죠. 입사 이래 전면 재택근무 중인 직장이랄까.

김복권 씨 화색.

 아, 그러세요? 그럼 본업은 무엇이죠?

 저기 앞에 계신 마포경찰서 직원분들처럼 저의 본업은 경찰관입니다. 그래서 평소엔 경찰서에 출근해서 일합니다. 직장인이죠.

그러시군요. 불철주야 바쁘시겠네요. 그럼 퇴근 후 글쓰기에 몰두하시나요?

 어, 그게 말이죠. 이것 참. 어디서부터 설명해 드려야 할지.

원도 잠시 턱을 만지작거리며 고민.

 퇴근하면 일단 빨래를 종류별로 분류해요. 저는 소중한 빨래, 보통 빨래, 속옷, 수건까지 네 종류로 나누는데요. 소중한 빨래는 그냥 좀 비싸게 주고 샀다 싶은 옷들이에요. 색이 과감하거나 소재가 특이한 것들도 포함이고요. 얘네들은 중성세제에 섬세 코스로 세탁해요. 건조대에 널어 자연 건조시키고요. 보통 빨래는 그냥 막 입는 옷들이라 보통으로 대해줍니다. 건조기에도 넣어버려요. 그러고는 청소기를 돌리고 물걸레 청소기도 돌려요. 돈 좀 아끼겠다고 맵핑 기능 없이 저렴한 물걸레 청소기를 중고로 샀더니 가구란 가구에 다 몸통 박치기를 하고 다녀서 청소기를 쫓아다니고 있습니다. 시간 아끼겠다고 산 건데 따라다니면서 감시를 해야 하다니 원, 환장할 노릇입니다.

일동 웃음.

 설거지를 하고, 설거지할 때 주위에 튄 물을 걸레로 훔치고 커피 머신 내부도 씻어요. 얼음 틀에 얼려둔 얼음을 지퍼백에 모아 담고요. 여기까지 하면 세탁기가 다 돌아갔거든요. 그럼 또 꺼내서 건조대에 널거나 건조기에 넣어야죠. 그리고 우편함 속 고지서를 챙기고 항목별로 분류해둔 쓰레기를 수거 날 잊지 않고 버리고… 매주 화장실 락스 청소도 빼먹으면 안돼요. 딱 일주일만 지나면 귀신같이 물때가 끼는 게 참 뭐랄까, 인간의 힘으로는 막을 수 없는 신의 섭리처럼 느껴진다니까요. 또 청소기 내부도 청소해요. 청소를 하기 위한 기계의 내부를 또 청소해야 한다니 인생이 왜 이리 복잡한지. 식기를 말리는 식기 건조대에도 물때가 쌓여서 베이킹소다를 묻힌 수세미로 세게 문질러 지워야 하고…

다 끝났나 싶더니 다시 입을 달싹이는 원도.

 어디 이뿐입니까? 청소만 하고 사는 거 아니잖아요. 먹기도 해야 하니까. 밥을 짓고 소분해서 냉동밥을 만들어놓고, 야채는 구입 후 즉시 손질해서 용도별로 보관하고, 냉장고에 든 과일이 상하진 않았는지 상태를 확인하고 혹시 상할 기미가 보이면 믹서기에 갈아 강제로 과일 주스 한 잔을 마셔야 합니다. 직장에서든 집에서든 일만 하고 살 수 있나요? 휴식도 취해야죠. 제가 게임을 참 좋아해서 플레이스테이션5와 닌텐도 스위치를 다 보유하고 있는데 게임도 틈틈이 해줘야 하고… 가뜩이나 얄팍한 인간관계가 끊어지면 안 되니까 일주일에 한

번은 지인과의 모임도 가져야 하고…

김복권 씨 두통 호소.

 그만, 그만! 바쁘신 거 알겠습니다! 그래서 도대체 글은 언제 쓰시는 건가요?

 제 말이 그 말입니다. 혼자 사시는 분이나 1인 가구가 아니라도 자기 몫의 살림을 전담해야 하는 분들에게 묻고 싶습니다. 출퇴근만 해도 벅찬 하루 사이에 설거지, 빨래, 구독해놓은 각종 OTT 서비스 이용, 요즘 유행하는 아이돌그룹의 무대와 예능 및 드라마 감상, 취미의 일환으로 악기 연습, 간헐적인 전시와 공연 관람, 운동… 이런 건 언제 하고 계시나요? 무엇보다 술도 마셔야 하는데… 사실 음주가 제일 중요한 스케줄이거든요. 아무튼 출퇴근과 함께 앞서 말한 모든 일을 하고도 시간이 남을 때 글을 씁니다. 출퇴근길 지하철에서의 생각이나 아이디어를 그때그때 메모해두는데, 이걸 뿌리 삼아 가지를 뻗어나간다고 봐도 무방합니다.

 듣기만 해도 아찔해지는 기분인데요. 이 와중에 시간이 남긴 하시나요?

 없으니까 차기작이 나오는 데 오래 걸렸겠죠?

일동 웃음.

 그래도 이렇게 멋진 작품으로 다시 돌아오신 거잖아요? 제목이 『농협 본점 앞에서 만나』라니 벌써 흥미롭습니다. 혹시 무슨 뜻인지 설명해주실 수 있을까요?

 로또 1등 당첨금은 농협 본점에서만 수령할 수 있잖아요. 그러니 우리 모두 언젠가 1등에 당첨되는 기쁨을 누리자는 포부입니다. 사실 이건 거짓말입니다. 1등 당첨자가 많을수록 당첨금이 줄어들 테니 본점에는 나 혼자 가고 싶다는 속내를 그럴싸하게 포장한 문장입니다.

여러분, 아무튼 원도 씨에게 박수 한번 주시죠!

일동 박수. 머쓱한 원도.

우선 본업이라고 하신! 경찰관으로서 원도 씨의 목표는 어떻게 될까요?

원도 고민.

입직할 때만 해도 이런저런 목표가 참 많았어요. 왜, 청운의 꿈을 품고 이 조직에 입문했다고들 하잖아요. 저도 그랬거든요. 빈주먹 쥐고 태어난 삶, 내 노력으로 무언갈 일구어보겠다고. 그런데 아니더라고요. 막상 입사해보니 저만 빈주먹이었지 옆

사람은 어디 팀장의 조카, 앞 사람은 어디 서장의
딸, 뒷사람은 어디 높은 누구와 가족 같은 사이…
경찰이라는 간판만 보고 들어왔지만 안쪽 풍경은
일반 회사였어요. 남들과 똑같은 회사. 다른 직장
보다 많은 비난을 받을 뿐인. 원래의 빈주먹을 채
우는 건 힘든 일이었어요. 채워질 수도 없었고요.
채우려 할수록 마음은 고갈되는 걸 느꼈어요.

 그러셨군요.

 승진도 했고 부서 이동도 몇 번 해본 지금 복기해
보면, 신입 때의 저는 편면적인 것만 봤더라고요.
당장 눈앞의 계급, 인맥, 그런 것들. 제가 어찌할 도
리 없는 배경에만 몰두해서 배경 속 구성요소를
지나치기만 했어요. 왜 나는 빈주먹인가 한탄하면
서. 막상 손바닥을 펼쳐보면 언제나 엉망진창으로
위로해주는 친구들, 대신 울어주는 노래와 영화들,
나의 손길만 기다리는 게임기 같은 것들이 널려

있었는데 말이죠. 배경만 단색의 벽지였을 뿐.

원도 사색에 잠김.

 말이 길어졌네요. 결론은 어느 풍경을 전체적으로 보려면 한발 물러서야 한다는 거예요. 그래야 온전한 모습을 골고루 볼 수 있어요. 그게 저의 목표예요. 직장에서의 실패에 쓰라리게 좌절하지도, 성취에 너무 깊이 몰입하지도 않고 적정 거리를 유지하는 거요.

김복권 씨, 손뼉을 탁 치며.

 멋진 목표군요! 그럼 반대로, 회사원과 작가를 반대의 직업이라 볼 순 없지만, 어쨌거나 한편으로 작가 활동도 하고 계시잖아요. 작가로서의 계획이나 목표도 한번 들어볼 수 있을까요?

원도 한층 더 고민.

 솔직해져 볼까요?

 진심으로 말씀해주세요.

원도 침 꼴깍 삼킴.

 전업할 수 있을 만큼 많이 버는 거요. 당연한 거죠.

일동 웃음.

 계속 쓸 수 있는 삶을 바라요. 언젠가는 동일한 주인공이 나오는 경찰 시리즈물을 쓰고 싶은 욕심도 있어요. 너무 뻔한가요? 경찰 출신이 경찰 시리즈물을 쓴다는 게.

장기 프로젝트를 끌어갈 수 있는 작가가 되고 싶다는 거군요?

 맞아요. 장기 프로젝트를 할 수 있는 유일한 방법은 책이 많이 팔리는 겁니다. 결국 많이 벌어야만 하고 싶은 일을 할 수 있는 셈이죠. 미사여구 다 치우고 한마디로 쓰는 족족 팔리는 작가가 되고 싶다고요. 모든 작가의 꿈이겠지만.

일동 고개 끄덕.

 공식적으로 이 자리에 부르기에 앞서, 대기실에 계신 원도 씨를 제가 잠깐 뵈러 갔었잖아요. 이번 주 예상 번호를 물어봤을 때 1, 4, 8, 30, 41, 45라고 하셨죠?

 네. 맞습니다.

보너스 번호가 빠졌네요. 보너스 번호는 몇 번으로 예상하시나요?

 개인적으로 22번이 됐으면 좋겠네요.

 이유가 있을까요?

 전혀 없는데요.

일동 웃음.

 번호 찍는데 뭔 고귀한 이유가 있을까요. 그냥 찍는 거지. 고른 번호 중에 20번대가 없어서 22번을 말해봤어요.

 그러기엔 10번대도 없는데요.

 예리하시네요.

정말 이유 없이 22번을 찍으신 거군요.

 그렇다니까요. 가볍게 삽시다.

김복권 씨 한숨.

 이제 인터뷰를 슬슬 마무리해볼게요. 제 2023회 로또의 마지막! 보너스 번호를 추첨하도록 하겠습니다. 공이 나오는 순서와 상관없이 번호만 맞으면 당첨입니다.

일동 긴장.

 그럼 줍줍이는 '원'래부터 예쁘다 할 때 '원', 영화 '도'둑들에서 감독님은 왜 김혜수와 전지현의 키스신을 넣지 않았을까 할 때 '도' 인 원도 씨! 마지막으로 하실 말씀이 있다면 하시고, 황금손으로 버튼을 눌러주세요!

네. 지금 당장 로또 번호를 맞춰봐야 하는데 웬 말 많은 사람이 나와서 시간만 질질 끌고 있어서 많 이들 짜증나시죠. 금방 끝낼게요. 조금만 아량을 베풀어주세요.

일동 웃음.

 길지도 짧지도 않은 경찰 생활을 하면서 얻은 게 있다면, 인생의 불확실성에 대한 가르침이었어요. 알 수 없는 인생이라고 하지만 실제로 인생이 얼 마나 알 수 없는 과정인가를 오감으로 느끼는 건 차원이 다르더라고요. 불의의 사고로 한순간에 가 족을 잃은 이들이 절규하는 소리, 가족이 자살했다 는 연락을 받고 뛰어온 이들의 황망한 얼굴, 갑자 기 집에서 화재가 발생하여 갈 곳을 잃은 사람, 느 닷없이 범죄 피해를 당한 사람…

일동 고요한 침묵.

사는 동안 무슨 일이든 일어날 수 있다는 건 엄청난 공포로 다가왔습니다. 재수가 없으려면 내리는 비에도 맞아 죽을 수 있는 게 인간의 삶인데, 나는 어떻게 살아야 할까. 그래서 필사적으로 인생에 아무런 일도 일어나지 않게 삶을 옥죄어왔어요. 가던 곳만 갔고, 먹던 것만 먹으며 만나던 사람만 만났죠. 돈은 버는 족족 비상금 명목으로 모아뒀고요. 삶이 안전해질수록 공포심은 더욱 커졌어요. 떨어지는 간판이 하필 머리 위로 떨어지면 어떡하지. 길 가다 칼에 찔려 죽으면 어떡하지. 무엇보다 가장 무서운 건 모르는 사람이었고요.

김복권 씨 경청.

 이렇게 살면 매일매일이 고통이거든요. 너무 힘드니까 생각을 바꿔보자, 신음처럼 내뱉었어요. 사는 동안 무슨 일이든 일어날 수 있다는 걸 공포가 아닌 희망으로 받아들이자. 그리고 정말 많은 게 바꿨죠. 책을 냈고, 작가라고 불러주는 사람도 있고, 무엇보다 다음 책을 낼 수 있는 여력이 생겼으니까요. 15억짜리 케이크를 단숨에 쥐진 못해도 좋아하는 사람에게 맛있는 음식을 사줄 고명 하나 정도는 때때로 생산하니까.

원도, 황금손 버튼을 바라보며.

 로또에 당첨되길 원한다면 무슨 번호든 찍어서 로또를 구입해야만 합니다. 사지도 않고 당첨을 바라는 건 어불성설이죠.

 맞습니다. 로또 1등 되고 싶다고 하는 분 중 절반 이상은 아예 사지도 않고 말만 하시더라고요. 왜 안 사냐고 물어보니 어차피 안될 거 왜 사냐고 대꾸하니 원. 하하하.

 확률이 너무 낮기 때문에 로또 자체에 대한 가능

성은 믿지 않을 수 있어요. 하지만 생의 가능성까지 불신하진 않으셨으면 합니다.

김복권 씨 고개 끄덕임.

 윤동주 시인은 <팔복>이라는 시에서 '슬퍼하는 자는 복이 있나니'라고 했습니다. 저는 이 말을 조금 변형해보려 해요.

'사는 자에게 복이 있나니.
사는 자에게 복이 있나니.
사는 자에게 복이 있나니.

로또를 꾸준히 사는 자에게 복이 있나니.
생을 부지런히 사는 자에게 복이 있나니.

우리 모두 복에 겨울 것이외다.'

멋진 문구네요! 원도 씨, 이제 보너스 번호 추첨을 시작해주셔야죠? 그 전에 마지막 말씀 부탁드립니다.

 여기까지 읽어주신 독자분께 진심으로 감사드립니다. 마지막으로, 이 순간에도 현장을 지키는 모든 경찰관분께 응원을 전합니다. 야간 수당이 시간당 5천 원을 넘기는 그날까지! 로또 한 장은 살 수 있어야죠!

원도, 황금손 버튼을 누른다.

원통 안의 숫자 공들이 분주히 움직인다.

어떤 숫자가 나올지는 아무도 모른다.

기존에 다른 업종을 운영하던 도중 시작한 로또 판매가 대박나는 통에 로또 판매에 전념하게 되었거나, 로또 판매점 상호에 '로또'라는 단어가 들어가지 않은, 그래서 아는 사람만 아는 비밀 로또 명당을 소개합니다.

(*지역 가나다순, 2023년 3월 기준)

(흥양마중물)

강원 원주시 소초면 치악로 2335

(행복충전소)

경기 평택시 탄현로 332-2

(올인)

경기 화성시 향남읍 3.1만세로 1147

(목화휴게소)

경남 사천시 용현면 사천대로 912

(삼삼마트)

경남 진주시 진주대로 1165-1

(부흥청과물상회)

경북 경산시 하양읍 문화로 3

(셋방매점)

경북 경주시 산업로 4447

(NG24(중리점))

경북 칠곡군 석적읍 북중리3길 59

(버블샵카페 고래의 꿈)

광주 광산구 목련로 273번길 88 운남주공아파트 상가 108호

(알리바이(신가점))

광주 광산구 수등로 253

(우미마트)

광주 서구 풍암순환로 191 우미광장아파트

(GS25(대구교대점))

대구 남구 중앙대로 216

(메트로센터점)

대구 중구 달구벌대로 2100 지하 C412

(현암꽃플라워)

대전 동구 태전로 167

(부일카서비스)

부산 동구 자성로133번길 35

(돈벼락맞는곳)

부산 동구 조방로49번길 18-1

(우정식품)

부산 동래구 온천장로 39 온천파크장

(셀프카메라)

부산 부산진구 가야대로443번길 30

(스파편의점)

서울 노원구 동일로 1493

(오케이상사)

서울 서초구 신반포로 176 센트럴시티빌딩

(영광정보통신)

서울 성북구 화랑로 92

(묵동식품)

서울 중랑구 동일로 919

(갈렙분식한식)

서울 중랑구 용마산로115길 92

(영화유통)

울산 남구 신정로 19 달동삼성아파트

(안전열쇠)

인천 계양구 경명대로 1124 명인프라자 102호

(대박천하마트)

인천 부평구 굴포로 48 대호빌딩

(라이프마트)

인천 중구 연안부두로53번길 36

(미래유통)

전남 목포시 영산로 623

(도깨비방망이)

전남 완도군 완도읍 장보고대로 220

(흥건슈퍼)

전북 전주시 완산구 거마평로 25 흥건1차 아파트 상가

(자수정편의점)

전북 전주시 완산구 용머리로 152

(본스튜디오)

제주 제주시 애월읍 하귀로 111

(조천청룡)

제주 제주시 조천읍 신북로 255

(혹시나도)

충북 음성군 감곡면 장감로 161-1

(진성식품)

충북 제천시 의병대로 84

(썬마트(하복대점))

충북 청주시 흥덕구 진재로23번길 25

어느 직장인의 로또 명당 탐방기

농협 본점 앞에서 만나

초판 1쇄 인쇄 2023년 4월 10일
초판 1쇄 발행 2023년 4월 19일

지은이 원도
펴낸이 이승현

출판1 본부장 한수미
와이즈 팀장 장보라
편집 양예주
디자인 김태수
일러스트 OOO(정세원)

펴낸곳 ㈜위즈덤하우스   **출판등록** 2000년 5월 23일 제13-1071호
주소 서울특별시 마포구 양화로 19 합정오피스빌딩 17층
전화 02) 2179-5600   **홈페이지** www.wisdomhouse.co.kr

ⓒ 원도, 2023

ISBN 979-11-6812-617-6 02810

· 이 책의 전부 또는 일부 내용을 재사용하려면 반드시 사전에 저작권자와
  ㈜위즈덤하우스의 동의를 받아야 합니다.
· 인쇄·제작 및 유통상의 파본 도서는 구입하신 서점에서 바꿔드립니다.
· 책값은 뒤표지에 있습니다.